Julia Arden

. . . und wenn du auch die Wahrheit sprichst

Julia Arden

... und wenn du auch die Wahrheit sprichst

Liebesroman

édition el!es

Internet: www.elles.de

E-Mail: info@elles.de

Umschlaggestaltung und Satz: graphik.text Antje Küchler

ISBN 978-3-932499-74-6

1.

Walter Kanter fühlte sich unwohl in seiner Haut. Dem vierundfünfzigjährigen Hotelbesitzer lag es nicht, andere um etwas zu bitten. Aber genau das würde er gleich tun müssen.

Unruhig lief er in seinem Büro auf und ab. Der Teppichboden verschluckte den Klang seiner Schritte. Die nußbraunen Möbel spiegelten sich in den hohen Fenstern gen Westen, vor denen Kanter jetzt stehenblieb und hinausblickte.

Es klopfte an der Tür. Kanter drehte sich um, straffte sich. »Herein.«

Die Tür wurde geöffnet. Eine junge Frau im beigefarbenen Hosenanzug betrat das Büro. Aufmerksame blaue Augen, eine steile Nase und schmale Lippen gaben ihrem Gesicht einen markanten Ausdruck, welchem durch das kurze, schwarze Haar zusätzliche Strenge verliehen wurde. Ihre schlanke, mittelgroße Statur ließ sie für manchen dennoch zart wirken.

Walter Kanter wußte, dieser Eindruck täuschte. »Frau Dietz. Danke für Ihr Kommen«, begrüßte er seine Angestellte und bedeutete ihr, sich zu setzen.

Erneut haderte Kanter mit sich, fragte sich zum x-ten mal, ob er wirklich mit seiner Bitte an Michaela Dietz herantreten sollte. Bitten bedeutete, die Entscheidung in anderer Leute

Hände zu legen, und, so sie die Bitte erfüllten, sich später verpflichtet zu fühlen. Er fühlte sich aber nicht gern verpflichtet. Ihm lag es mehr, Dinge anzuordnen. Anordnungen basierten auf klaren Strukturen, einer festgelegten Hierarchie. Und da er in dieser Hierarchie an oberster Stelle stand, führte man seine Anordnungen ohne Diskussion aus.

Zu allem Überfluß mußte er seine Bitte an jemanden richten, dem er sonst Anordnungen erteilte. Aber er hatte keine Wahl. Er konnte der jungen Frau schlecht die Anordnung erteilen, ihm in *dieser* Sache zu helfen. Es handelte sich um etwas, das nicht in den Aufgabenbereich einer Managerin fiel.

Genaugenommen handelte es sich um etwas, das in niemandes Aufgabenbereich fiel. Eine ziemlich delikate Angelegenheit, die sehr viel Fingerspitzengefühl erforderte – also am besten eine Frau. Zumal sein Problem einer Frau geschuldet war, seiner Tochter Tanja. Die weigerte sich nämlich starrköpfig, ihren Platz in der Firma einzunehmen.

Was hatte er nicht alles versucht Tanja umzustimmen. Im Guten und im Bösen. Nichts half. Er war mit seinem Latein am Ende.

Dies einzugestehen behagte Walter Kanter ganz und gar nicht, doch andererseits, wenn es nun einmal so war, mußte er die bittere Pille eben schlucken und nach anderen Wegen suchen, Tanjas Widerstand zu brechen. Einen solchen Weg glaubte er nun gefunden zu haben. Allerdings brauchte er dabei eine Verbündete, jemanden mit Gefühl und Verstand.

Er wußte, daß Michaela Dietz diese beiden Eigenschaften in sich vereinte. Das hatte sie in der Vergangenheit mehr als einmal bewiesen. Sie war das berühmte As, das er aus dem Ärmel ziehen konnte, wenn die Dinge irgendwo schiefzulaufen begannen. Sie erkannte und löste Probleme auf die ihr eigene Art: Logisch konsequent, mit einer guten Portion Bauchgefühl.

Anfangs hatte Walter Kanter diese unberechenbare Komponente in den Entscheidungen seiner Managerin Unbehagen eingeflößt, mittlerweile wußte er sie zu schätzen. Und er wußte, daß Tanja einer Frau mit gerade dieser Eigenschaft viel mehr vertrauen würde als ihm.

»Frau Dietz, ich weiß, Sie sind mit Leib und Seele dem Hotelgewerbe verschrieben«, tastete Walter Kanter sich langsam vor. »Obwohl Sie erst seit drei Jahren in meinem Unternehmen angestellt sind, sind Sie bereits einige Stufen auf der Karriereleiter gestiegen. Ihr Engagement ist beispiellos. Ich weiß, wenn es irgendwo Kastanien aus dem Feuer zu holen gilt, kann ich Sie bedenkenlos hinschicken.«

Bei Michaela hatte die kurzfristige Order, im Büro ihres Chefs zu erscheinen, für gespannte Erwartung gesorgt. Solch eine unplanmäßige Besprechung konnte nur bedeuten, daß eine außergewöhnliche Situation eingetreten war. Sie wartete interessiert, wohin diese ungewohnte Lobeshymne führen würde.

Walter Kanter räusperte sich umständlich. »Na, Schluß mit dem Vorgeplänkel. Lange Rede, kurzer Sinn: Sie müssen mir diesmal in einer ganz anderen Sache helfen. Einer privaten Sache.«

Privat? Michaela wurde ein wenig unbehaglich. Was sollte das sein?

»Es versteht sich von selbst, daß ich absolutes Stillschweigen von Ihnen erwarte«, fuhr Kanter fort. »Wenn ich Ihnen jetzt erkläre, worum es sich handelt, werden Sie zunächst sicher schockiert sein. Aber glauben Sie mir, wüßte ich eine andere Lösung für das Problem, säßen Sie nicht hier. Und bei näherer Betrachtung ist die Rolle, die ich Ihnen zugedacht habe, so schlimm nun auch wieder nicht. Natürlich wird sich Ihr Einsatz auch für Sie auszahlen.«

Das Unbehagen in Michaelas Bauch breitete sich aus. »Sie klingen, als würden Sie mich gleich bitten, einen Versicherungsbetrug zu decken«, versuchte sie zu scherzen.

Kanter verzog leicht den Mund. »Nein. Ich fürchte, die Angelegenheit ist etwas komplizierter.« Er holte tief Luft.

»Sie wissen, ich habe eine Tochter. Tanja. Haben Sie sie mal getroffen?«

»Ich wüßte nicht.«

»Nein. Ich auch nicht. Tanja hält sich normalerweise nicht in unseren Büros auf. Das ist ja das Problem. Sie hat sogar ein Praktikum in der Firma strikt verweigert. Genau wie den Besuch einer Hotelfachschule.«

»Hört sich an, als schwärmte Ihre Tochter nicht gerade für unsere Hotelgruppe.«

»Sie sagen es. Tanja ist jetzt fünfundzwanzig, auf dem Weg, ihr BWL-Studium mit Bestnoten abzuschließen, und es wäre genau der richtige Zeitpunkt, daß sie in die Firma einsteigt, die sie ja später einmal führen soll. Die Stelle als Wirtschaftsdirektorin in unserem Hamburger Hotel war für ein halbes Jahr für sie vorgesehen. Tanja hat auch dies abgelehnt. Aber nicht nur das. Sie verkündete, sie dächte nicht daran, in das Unternehmen zu kommen, schon gar nicht, es später einmal zu übernehmen. Alle meine Versuche, sie zur Vernunft zu bringen, scheiterten.«

»Vielleicht eine Angstreaktion«, meinte Michaela. »Könnte ja sein, Ihre Tochter glaubt der Aufgabe nicht gewachsen zu sein.« Sie konnte immer noch nicht sehen, was Walter Kanter eigentlich von ihr wollte. Wie sollte sie ihm da helfen? Es sei denn ... sollte sie für seine Tochter einspringen? Das wäre ja toll! Ein halbes Jahr in einer leitenden Position in Hamburg! Endlich nicht mehr Lückenbüßerin, sondern ein eigener Verantwortungsbereich. Aber wenn es das war, warum schickte er sie nicht einfach hin und fertig? Warum machte er es so umständlich? Und warum sprach er von Hilfe in einer privaten Sache?

»Nein. Tanja ist keine ängstliche Natur. Sie ist still. Ja. Oft in sich zurückgezogen. Wer sie nicht kennt, könnte glauben, sie wäre ängstlich. Aber dieser Eindruck trügt. Sie ist nur etwas lebensunerfahren, wie man so schön sagt. Aber ansonsten schon sehr stark. Sie wirft mir einfach vor, daß ich mich nach dem Tod ihrer Mutter nicht um sie gekümmert hätte. Ich wäre nie für sie dagewesen, immer nur für meine Arbeit. Das will sie mir jetzt heimzahlen, indem sie mir verweigert, das Familienunternehmen weiterzuführen. Eine absolut kindliche, trotzige Reaktion. Sie vergißt dabei völlig, daß ich all das nicht nur für mich aufgebaut habe. *Ihre* Zukunft wollte ich sichern.«

Michaela hatte aufmerksam zugehört. Die Kantersche Familiengeschichte war also durch den frühen Tod von Kanters Frau, Tanjas Mutter, belastet worden. Das Kind fühlte sich vernachlässigt. Na schön. »Ich verstehe ehrlich gesagt immer noch nicht, was ich da tun soll«, sagte Michaela.

Walter Kanter schaute Michaela eindringlich an. »Sie sollen Tanja umstimmen.«

»Ich?« Michaelas Irritation überraschte Kanter nicht. Natürlich fragte sie sich, wie er darauf kam. »Ich kenne Ihre Tochter doch gar nicht. Warum sollte sie ausgerechnet auf mich hören?«

Kanter nickte. Diese Einwände hatte er erwartet. »Sie sollen ja auch nicht einfach zu Tanja gehen und ein Gespräch mit ihr führen. Ich denke ... was Tanja braucht, ist eine Freundin. Eine, die sie, wenn sie erst ihr Vertrauen gewonnen hat, darauf hinweist, wie dumm sie sich verhält.«

Michaela begriff nur sehr langsam, was Kanter da eigentlich sagte. Als sie es endlich zusammenhatte, konnte sie nicht glauben, daß er es ernst meinte. »Sie wollen, daß ich mich mit ihrer Tochter anfreunde, um sie dann in Ihrem Sinne zu beeinflussen?«

Kanter holte tief Luft. »Sie sind jung, nur wenige Jahre älter als Tanja, haben ein klares Ziel vor Augen. Tanja braucht eine Freundin wie Sie, die ihr zeigt, worauf es im Leben ankommt.«

»Warum lassen Sie ihr nicht einfach etwas Zeit?« schlug Michaela vor. »Sie wird sich schon besinnen.«

Kanter schüttelte den Kopf. »Da kennen Sie Tanja schlecht.

Wenn sie sich etwas in den Kopf gesetzt hat, dann ist sie nur schwer vom Gegenteil zu überzeugen. Man darf sich nicht von Tanjas Äußerem täuschen lassen. Sie sieht nicht sehr robust aus, ist mehr der leise Typ. Das ist wahr. Aber sie weiß, was sie will – oder in diesem Fall – was sie nicht will.«

Michaela behagte die Sache absolut nicht. »Ich weiß nicht«, sagte sie. »Das Ganze ist ...«

»Unfair? Ja! Aber nur zu Tanjas Bestem.« Kanter kratzte sich deutlich verlegen am Kopf.

Michaela hoffte schon, daß er einen Rückzieher machen, so etwas in der Art wie »Ach, vergessen Sie's!« sagen würde.

Statt dessen meinte er: »Apropos Äußeres. Bei der Gelegenheit könnten Sie auch am Outfit meiner Tochter etwas arbeiten. Hier.« Kanter reichte Michaela eine Fotografie. »Sehen sie selbst. Sieht so die zukünftige Chefin einer Hotelgruppe aus?«

Michaela sah ihren Chef entgeistert an, dann zögernd auf das Bild. Ein ernstblickendes, blasses junges Mädchen war darauf zu sehen. Ihr dichtes, dunkelbraunes Haar fiel glatt vom Mittelscheitel zu beiden Seiten bis über die Schultern. Ein Mädchen, das einem nicht auffiel, wenn man ihm irgendwo begegnete. Ja, eine Typberatung würde bestimmt nichts schaden. Aber auf die Art? Michaela widerstrebte das.

Nur, hatte sie eine Wahl? Die Möglichkeit, nein zu sagen? Michaela konnte sich an fünf Fingern abzählen, daß Walter Kanter lange überlegt hatte, wen er in sein Problem einweihte. Seine Wahl fiel auf sie – mit dementsprechenden Erwartungen. Er rechnete mit ihrer Zusage. Deshalb brauchte sie nicht darauf zu hoffen, Walter Kanter würde eine Weigerung ihrerseits einfach akzeptieren und vergessen. Er hatte nicht umsonst im Vorfeld ihre Karriere angesprochen, ihr einen Vorteil in Aussicht gestellt. Den umgekehrten Fall brauchte er nicht zu erwähnen.

Ihre Entscheidung beeinflußte also ihre Karriere, so oder so. Mit einer Absage stellte sie sich selbst für unbestimmte

Zeit aufs Abstellgleis, müßte ihre Hoffnungen auf eine verantwortungsvollere Stelle oder gar einen Auslandsposten vorläufig begraben.

»Es ist doch wirklich nur zum Besten meiner Tochter«, wiederholte Kanter in Michaelas Gedanken hinein.

Aber Michaela wußte: *Das sah die bestimmt nicht so.* Weshalb sie erneut, vorsichtig natürlich, versuchte Kanter die Sache auszureden. »Wenn Ihre Tochter je dahinterkommt, ist die Katastrophe vorprogrammiert«, gab sie zu bedenken. »Dann haben Sie sie endgültig für Ihre Ziele verloren. Vielleicht ist es besser, Sie üben sich etwas in Geduld. Sie wird schon vernünftig werden.«

»Darauf kann ich mich nicht verlassen. Das ist mir zu unsicher«, beharrte Kanter.

Es war ihm die Position der Direktorin eines seiner größten Hotelkomplexe wert, seine Tochter zu bekehren. Und dieser Komplex befand sich nicht irgendwo, sondern auf der idyllischen Kanarischen Insel Gomera.

Eingedenk eines solchen Angebotes gab Michaela es auf, ihren Chef von seiner Idee abzubringen. So eine Chance würde sich ihr nie wieder bieten. Denn im Gegensatz zu Tanja Kanter bekam sie derartige Stellen nicht automatisch und von Geburt wegen angeboten. Sie mußte dafür kämpfen. Erst, um sie zu bekommen, dann, um sie zu behalten.

Wenn Tanja Kanter meinte, die widerspenstige Tochter geben zu müssen und ihr Vater sich nicht besser zu helfen wußte, als seine Tochter mittels einer kleinen Intrige zu bekehren, brauchte sie, Michaela, kein schlechtes Gewissen zu haben, davon zu profitieren. Zumal die Alternative in diesem absurden Spiel für sie bedeutete, drei Jahre harter Arbeit im Unternehmen Kanter in den Wind zu schreiben. Sie war jetzt sechsunddreißig. Zu alt, um in einem anderen Unternehmen noch einmal von vorn anzufangen. Warum sollte sie in dieser Auseinandersetzung zwischen Vater und Tochter die Leidtragende sein? Das konnte sie sich nicht leisten.

Auf der Fahrt nach Hause überdachte Michaela das merkwürdige Gespräch mit ihrem Chef. Sie schwankte immer noch zwischen Unglauben und Aufregung. Der in Aussicht gestellte Job war *der* Traum! Sie wäre schön dumm gewesen, da nein zu sagen.

Sie bog um die letzte Ecke vor ihrem Wohnhaus, trat beherzt auf die Bremse und parkte auf dem Stellplatz mit ihrem Nummernschild. Der Motor ihres BMW verstummte. Sie schwang sich aus dem Wagen, schloß ihn ab und lief beschwingt zur Haustür, die Treppe hoch zu ihrer Wohnung. Die Tür zum Appartement flog auf. »Bin zu Hause!« rief sie laut. Ein kurzer Blick auf die Garderobe, und sie stellte fest: Vanessas Jacke hing nicht am Haken.

In der Küche fand sie dann auch den Zettel: »Warte nicht auf mich. Es kann spät werden. Vanessa.«

Michaela seufzte. Die Nachricht versetzte ihrer guten Laune einen deutlichen Dämpfer. Vanessa war also wieder mit einer ihrer unzähligen Freundinnen unterwegs. Dabei hätte Michaela gerade heute den Zuspruch ihrer Lebensgefährtin gebraucht. Nun würde sie, statt mit Vanessa über ihr kurioses Erlebnis vom Nachmittag zu reden – und über die absonderlichen Probleme reicher Leute zu lachen – den Abend allein verbringen und darüber nachgrübeln, ob es nicht doch ein Fehler war, Kanters Angebot anzunehmen.

Moralisch einwandfrei war es jedenfalls nicht. Andererseits – abzulehnen war genauso verkehrt, weil karrieretechnisch der reine Selbstmord.

Michaela ging zum Kühlschrank. Da sie zum Abendessen nicht mit Vanessa zu rechnen brauchte – aus Erfahrung wußte sie, die Formulierung *es kann spät werden* bedeutete, Vanessa kam nicht vor zwei Uhr morgens heim – würde sie sich mit ein paar Rühreiern begnügen.

Zehn Minuten später bugsierte Michaela die goldgelbe, nach Speck und Zwiebeln duftende Eimasse auf einen Teller. Sie setzte sich an den Küchentisch und aß. Erneut wanderten ihre Gedanken zu Vanessa, zu ihrer Beziehung mit ihr. In letzter Zeit kam es immer häufiger vor, daß Vanessa abends allein wegging. Allein ohne Michaela, nicht allein ohne andere.

Vanessas Auffassung von Beziehung war sehr eigenwillig. So eine mit viel Freiheit für beide Seiten und Unabhängigkeit voneinander. Michaela vermutete den Grund dafür in Vanessas unbändigen Lebenshunger. Sie gehörte zu den Menschen, die ständig Angst hatten, etwas zu verpassen, deshalb mußte immer etwas passieren, am liebsten immer mit neuen Leuten. Und die lernte Vanessa auch ständig kennen.

Michaela hatte das alles gewußt, als sie sich auf Vanessa eingelassen hatte. Es hatte damals keine Rolle gespielt, weil sie überzeugt gewesen war, Vanessa würde sich bei ihr ändern. *Für* sie.

Michaela konnte Vanessa jede Menge Abwechslung bieten, daran hatte es nicht scheitern sollen. Zudem würde Vanessa sicherlich ein wenig ruhiger werden.

Welch schöne, aber leider sehr naive Vorstellung.

Vanessa hatte sich zwar die ersten drei Monate ein wenig zurückgenommen, aber das war es dann auch gewesen. Michaelas zahlreiche Versuche, ihre Geliebte für mehr Privatleben, mehr Zweisamkeit zu gewinnen, scheiterten kläglich.

Die fand das öde und altmodisch, und alle Diskussionen endeten mit Vanessas Ultimatum: »Wenn du mir nicht meinen Freiraum läßt, dann ziehe ich lieber wieder aus.«

Also gab Michaela klein bei. Sie wollte Vanessa nicht verlieren, denn sie liebte ja gerade Vanessas Temperament, ihre Spontaneität, ihre Energie.

Einige von Michaelas Freundinnen äußerten sich skeptisch und vermuteten, daß Vanessa ihre erzwungene Freiheit nutzte, um mit anderen Frauen herumzumachen. Worauf Michaela nur die Antwort einfiel, daß Vanessa, wenn sie das wirklich wollte, immer eine Gelegenheit finden würde. Sie vertraute Vanessa, was das anging. Vanessa war einfach ein

Mensch, der sich nicht einengen lassen wollte. Michaela hatte das akzeptieren gelernt. In einer Beziehung mußte man sich eben arrangieren.

Vanessa entschädigte sie dafür reichlich in den gemeinsamen Stunden. Na ja, in letzter Zeit vielleicht weniger, aber in einer Beziehung gab es nun mal gute und weniger gute Zeiten.

Die Aussicht auf einen baldigen Aufenthalt auf Gomera würde Vanessa umhauen und ihrer Beziehung neuen Auftrieb geben. Abgesehen vom Karriereschub ein weiterer angenehmer Aspekt ihres Arrangements mit Kanter. Einer, an den sie bisher noch gar nicht gedacht hatte.

Michaela fühlte sich gleich wieder etwas unbeschwerter.

Und deine letzten dummen Gewissensbisse wird Vanessa auch zerstreuen. Kein Zweifel! Darin ist sie nämlich richtig gut. Um dein Glück voranzutreiben, brauchst du nur noch einen Plan, wie du dein erstes, »zufälliges« Zusammentreffen mit Tanja Kanter herbeiführst.

2.

Michaela saß in ihrem BMW und blickte konzentriert in den Seitenspiegel, den sie so eingestellt hatte, daß sie die Ausfahrt der Kanterschen Villa beobachten konnte. Tanja besaß einen kleinen Rover Mini, wie Michaela von Walter Kanter wußte. Und sie fuhr jeden Morgen in die Uni.

Michaela wartete seit ungefähr zwanzig Minuten, daß sich der kleine Wagen in der Ausfahrt zeigen würde. Nervös trommelte sie mit den Fingern auf das Lenkrad.

Moment! Tat sich da was? Michaela rückte automatisch mit dem Gesicht näher an die Seitenscheibe, um besser in den Spiegel sehen zu können. Ja, endlich! Ein Mini stoppte in der Ausfahrt, blieb kurz stehen, setzte sich dann wieder in Bewegung, bog langsam nach rechts, in Richtung Uni, ab. Michaela wartete genau bis zu dem Moment, wo der Mini die Höhe des Hinterreifens ihres BMW erreichte. Dann parkte sie aus.

Der Aufprall war nicht sehr stark. Dennoch wurde Michaela ziemlich durchgerüttelt. Sie stellte den Motor ab, sammelte sich, stieg aus.

Ein Blick durch das Fenster des von ihr kollidierten Fahrzeuges zeigte Michaela, daß die Gestalt hinter dem Lenkrad regungslos in ihrem Sitz lehnte. Michaela ging um den Mini herum, klopfte an die Scheibe. »Hallo?«

Tanja hörte dumpfe Laute neben sich, sah gestikulierende Hände, die ihr bedeuteten, die Scheibe herunterzukurbeln, doch sie fühlte sich weder in der Lage zu antworten noch sich zu bewegen.

Die Fahrertür wurde von außen geöffnet. »Ist Ihnen was passiert?« fragte die helle Stimme einer Frau ängstlich.

Tanja gelang es nicht einmal, ihr den Kopf zuzudrehen. »Nein«, brachte sie lediglich heraus. »Ich glaube nicht.«

Tanjas Augen starrten irgendwo in die Ferne, abwesend. Sie sahen Geschehnisse einer anderen Zeit, eines anderen Ortes. Das Splittern von Glas klang in ihren Ohren, sich langsam ausbreitender, stinkender Qualm verschmorender elektrischer Leitungen nahm ihr den Atem. Von allen Seiten aufgeregte Stimmen, starke Arme, die nach ihr griffen.

Eine Hand legte sich auf Tanjas Schulter. »Sind Sie wirklich in Ordnung? Sie sehen sehr blaß aus.« Hand und Stimme gehörten nicht in diese Ferne, sondern waren ganz nah.

Michaela fluchte leise in sich hinein. Tanja Kanter schien einen Schock zu haben. Was nun? Damit konnte ja niemand rechnen, bei so einer kleinen Kollision. *Was hast du da bloß angestellt, Michaela?*

Die Augen des Mädchens kehrten aus der Ferne zurück, richteten sich zum ersten Mal auf Michaela. »Es geht schon.« Ein gequältes Lächeln begleitete ihre Worte.

Michaela war etwas verwirrt. Ja, das hier war eindeutig Tanja Kanter, die Frau auf dem Foto, die Walter Kanter ihr gezeigt hatte – und auch wieder nicht. Unscheinbar? Ja. Aber dennoch, da war dieser Ausdruck in Tanjas Augen. Unergründlich tief und einsam. Ein Ausdruck, der sich einem sofort in die Erinnerung einbrannte. Michaela kam sich unweigerlich schlecht vor, weil sie Tanja zu all dieser Einsamkeit zusätzlich diesen Schrecken antat. Und nun würde sie die junge Frau auch noch anlügen. – So sah es der Plan nun einmal vor. Selbst wenn Michaela in diesem Moment diesen Plan zum Teufel wünschte.

»Ich habe Sie zu spät gesehen«, log sie und unterdrückte ihr schlechtes Gewissen. »Können wir nicht auf Polizei verzichten? Ich übernehme den Schaden natürlich.«

Tanja schaute Michaela immer noch verstört an. »Schaden?«

»Ihr Mini hat leider 'ne nicht ganz so mini Beule im rechten Kotflügel.« Michaela ging zum besagten Kotflügel. »Hier. Sehen Sie.« Sie sah durch die Frontscheibe, wie endlich Bewegung in Tanja kam. *Gott sei Dank*, stellte Michaela erleichtert fest.

Tanja rutschte mit ihrem Sitz nach hinten, stieg aus.

Als sie um das Auto herumkam, fiel Michaela auf, daß Tanja Schmerzen im rechten Bein haben mußte, weil sie es leicht nachzog. »Ist etwas mit Ihrem Bein?« fragte Michaela besorgt. Verdammt! Der Zusammenstoß war doch stärker gewesen als beabsichtigt.

Tanja blieb stehen. »Nein, jedenfalls nicht, was Sie denken. Ich ... das ist ... das habe ich, seit ich fünf bin«, lautete die düstere Antwort. »Von einem Autounfall.«

Michaela verwünschte sich, ihre Idee mit der Autokarambolage und besonders Walter Kanter. Hätte er ihr das nicht sagen können? Sie hatte ihm doch erzählt, was sie vorhatte. Was war der Mann nur für ein unsensibler Klotz?

Tanja stand, immer noch sehr blaß, neben Michaela und schaute auf die Beule an ihrem Wagen. Michaela legte ihren Arm beruhigend auf Tanjas. »Sieht schlimm aus, aber ist ganz sicher reparabel. Ich gebe Ihnen meine Anschrift und die meiner Versicherung. Tut mir leid, daß Sie jetzt so viele Umstände haben«, sagte sie.

Tanja erwiderte nichts, starrte stumm auf die Beule, die sie aber nicht wirklich sah. Ihre Augen stierten einfach nur ein Loch in die Luft.

Der offensichtlich geistig abwesende Zustand Tanjas machte Michaela Sorgen. »Sie sollten besser nicht weiterfahren. Ich glaube, Sie brauchen erst mal etwas Ruhe. Am besten, ich bringe Sie nach Hause«, schlug Michaela behutsam vor.

»Ich muß zur Uni. In einer Stunde habe ich eine mündliche Prüfung.«

Nicht das auch noch! Michaela stöhnte. »Aber in Ihrer Verfassung können Sie doch keinen klaren Gedanken fassen.«

Tanja straffte sich. Sie sah Michaela an. »Ich werde es müssen«, sagte sie fest und machte Anstalten, wieder in ihren Wagen zu steigen.

Michaelas Augen folgten ihr halb überrascht, halb entsetzt. Eine ziemlich plötzliche Veränderung, die da durch Tanja ging. Bedeutete das, sie hatte den Schock überwunden? Oder war es nur der simple Versuch, Haltung zu bewahren? So oder so, wenn Tanja an der nächsten Ecke wieder zusammenklappte und endgültig zusammenbrach, konnte sonstwas passieren.

Hastig stürmte Michaela Tanja nach, drückte mit ihrer linken Hand gegen die Fahrertür, so daß Tanja die nicht einfach öffnen konnte. Rigoros sagte Michaela: »Gut. Aber ich fahre Sie hin. Auf keinen Fall lasse ich zu, daß Sie sich in Ihrem Zustand hinters Steuer setzen.« Sie wartete nicht auf Tanjas Antwort, sondern erstickte eventuellen Protest mit der Frage: »Haben Sie in Ihrem Wagen noch Sachen, die Sie mitnehmen wollen?«

»Meine Collegemappe«, antwortete Tanja automatisch.

Michaela streckte Tanja die Hand hin. »Geben Sie mir Ihren Autoschlüssel.« Tanja tat es. Michaela wies auf ihren BMW. »Bitte. Steigen Sie doch schon ein.« Tanja folgte der Aufforderung schweigend.

Michaela parkte den Mini ein paar Meter weiter ein, nahm Tanjas Tasche und schloß das Auto ab. Dann ging sie zu ihrem Wagen.

»Ich heiße übrigens Michaela Dietz«, stellte Michaela sich vor, während sie ebenfalls einstieg, reichte Tanja die Tasche und gab ihr den Autoschlüssel zurück. Dann ließ sie den Motor an. »Welcher Weg ist der beste zur Uni?«

»Tanja Kanter«, erwiderte Tanja. »Fahren Sie einfach auf die Stadtautobahn.«

Michaela fuhr los, beobachtete dabei Tanja aus dem Augenwinkel. Die machte mittlerweile zwar einen gefaßteren Eindruck, schien sich von dem Schock aber immer noch nicht ganz erholt zu haben.

»Ist es eine schwere Prüfung, die Sie da heute haben?« fragte Michaela. Sie wollte Tanja von dem Crash ablenken, der sie ganz offensichtlich an einen Unfall erinnerte, den sie als Kind gehabt hatte.

»Wirtschaftsrecht.«

»Sind Sie gut darin?«

»Ja.«

»Dann sind Sie wohl nicht sonderlich nervös?«

»Nein.«

»Sie Glückliche. Ich war in meinem Studium vor Prüfungen immer nervös.«

Tanja ging nicht auf Michaelas Bemerkung ein. Sie fragte auch nicht, was sie denn studiert habe. Sie saß einfach schweigend da.

»Entschuldigung, wenn ich so viel rede. Aber ich glaube, ich bin etwas nervös wegen unseres Zusammenstoßes. Ist Ihnen wirklich nichts passiert? Sie sehen immer noch ganz mitgenommen aus.«

»Meine Mutter kam bei dem Unfall damals ums Leben«, sagte Tanja jetzt.

Michaela biß sich auf die Lippen. »Und Sie saßen mit in dem Wagen?« fragte sie leise.

»Ja.«

»Das tut mir leid.«

»Schon gut.« Tanja lächelte schwach. »Es ist zwanzig Jahre her.«

»Vielleicht wäre es trotzdem besser, Sie verschieben Ihre Prüfung. Wir könnten im Sekretariat Bescheid geben, und Sie bekommen einen anderen Termin. Ich regele das.«

»Nein, nicht nötig. Ich schaffe das schon.«

»Sicher?«

»Ja.« Tanja nickte fest. »Ganz sicher.«

Michaela bewunderte die Willenskraft, die offensichtlich in dieser schmalen, blassen Gestalt steckte. Ja, sie konnte sich vorstellen, daß dort die Quelle eines Widerstandes saß, die Walter Kanter hilflos machte. Immerhin brachte Tanja es fertig, nach einem Erlebnis, das sie an ein Trauma ihrer Kindheit erinnerte, einfach zur Tagesordnung überzugehen. Vermutlich war es auch diese Willenskraft, die Walter Kanter nicht an ein Nachgeben seiner Tochter glauben und ihn seinen Plan aushecken ließ. Michaela konnte nicht umhin zu vermuten, daß er damit die Situation richtig einschätzte.

Michaela lieferte Tanja gerade noch rechtzeitig vor der Uni ab. »Kommen Sie anschließend in die Caféteria. Ich warte dort auf Sie«, rief sie Tanja hinterher.

Nach einer nervenraubenden Parkplatzsuche fragte Michaela sich zur Caféteria durch, fand einen freien Tisch und setzte sich so, daß sie den Eingang im Blickfeld hatte.

Sie atmete tief ein, spürte die Anspannung, unter der sie die letzte Dreiviertelstunde gestanden hatte, langsam von sich abfallen. Die erste Hürde war genommen. Sie hatte Tanja Kanter kennengelernt – und war beeindruckt. Sie sah sich einer sehr scheuen jungen Frau gegenüber. Scheu, aber nicht kleinmütig. Walter Kanter hatte es ja gesagt.

Im Büro ihres Chefs hatte Walter Kanters Beschreibung seiner Tochter Michaela seltsam angemutet. Sie hatte sich nicht richtig vorstellen können, was er meinte. Nun wußte sie es. Trotz Tanjas Unscheinbarkeit, ihrem stillen Wesen, spürte Michaela deutlich eine verhaltene Energie. Die, wenn sie Kanter glauben durfte, äußerst schwierige Formen annehmen konnte. Und es gab keinen Grund, ihm nicht zu glauben. Walter Kanter hätte sich niemals mit seinem Problem an sie gewandt, wenn seine Tochter, dieses auf den ersten Blick stille und schüchterne Mädchen, nicht wesentlich eigenwilliger gewesen wäre, als es den Anschein hatte.

Michaela beschlich der Verdacht, daß sich ihr Vorhaben, Freundschaft mit Tanja zu schließen, schwierig gestalten könnte. Vieles deutete darauf, daß Tanja ein ernster Mensch war, den man nicht mit ein paar lockeren Worten beeindrucken, dafür aber leicht verschrecken konnte. Wie also sollte sie es anstellen, Tanjas Interesse zu wecken?

Laß dir was einfallen, Michaela! Immerhin, die Prämie war nicht ohne.

Direktorin der Hotelanlage auf Gomera. Das war ein Vorzeigekomplex. Fünfzigtausend Quadratmeter, dreihundertvierundzwanzig Zimmer aufgeteilt auf Haupthaus und Bungalows, vier klimatisierte Schwimmbäder, vier Restaurants, drei Bars, davon eine Pianobar, eine integrierte Einkaufspassage, Golfplatz, vier Tennis-, zwei Squashplätze, Fitneßraum, Sauna, Kletterwand, Minigolf, Tauchschule. Das alles eingebettet in einer einzigartig schönen Natur, in ruhiger, absolut harmonischer Atmosphäre. Ein Traum!

Michaela seufzte sehnsüchtig. Sie hatte eine Woche auf der Insel verbracht, vor etwa einem Jahr, in Zusammenhang mit der Umstellung der Firmensoftware. Das Personal mußte in der Anwendung der neuen Software geschult werden. Sie war damals für das Projekt zuständig und hatte sich, nicht gerade uneigennützig, selbst als Schulungsleiter auf Gomera eingeteilt. Zum Glück sprach sie leidlich gut Spanisch, und deshalb fand niemand etwas dabei.

Dieses Paradies würde ihr »gehören«, sobald Tanja Kanter ihren Widerstand gegenüber den Wünschen ihres Vaters aufgab. Dafür konnte man sich schon mal ein wenig anstrengen!

Michaela schrak aus ihren Gedanken hoch, als sie Tanjas zierliche Gestalt auf sich zukommen sah. Sie sprang förmlich auf. Walter Kanter und sein Angebot waren plötzlich zweitrangig. Sie war ganz bei Tanja und von der Sorge gefangen, ob sie trotz des Unfalls die Prüfung gut hinter sich gebracht hatte. »Und? Wie lief es?«

Tanjas kurzes Lächeln wirkte beinah nachsichtig darüber, daß Michaela sich so in Aufregung befand. »Wie erwartet. Eine Eins.«

Michaela schüttelte den Kopf darüber, mit welcher Selbstverständlichkeit Tanja dieses Resultat verkündete. »Wie kannst du da so ruhig sein?« In ihrer Begeisterung duzte sie Tanja.

»Aber das ist doch nichts Besonderes«, sagte Tanja gelassen.

»Nein? Ist es für dich normal, aus einer Prüfung mit einer Eins herauszukommen?«

Tanja lächelte verhalten.

Michaela konnte es nicht fassen. »Es ist normal für dich«, stellte sie baff fest. »Ich bin einem Genie begegnet.«

»Nein«, wehrte Tanja bescheiden ab. »Ich kann mir Dinge einfach gut merken.«

»Welchen IQ hast du?«

Tanja zuckte belustigt mit den Schultern. »Keine Ahnung. Und nun krieg dich wieder ein.«

Michaela war glücklich, daß Tanja die Prüfung trotz der denkbar schlechten Voraussetzungen so bravourös bestanden hatte. Ihre Erleichterung war grenzenlos, daß sie Tanja mit ihrer Aktion nicht noch mehr Übel zugefügt hatte. Michaela konnte es sich nicht erklären, aber sie verspürte plötzlich den Wunsch, Tanja in den Arm zu nehmen. Und sie tat es einfach. »Ich bin froh, daß alles so gut gelaufen ist. Ich war in Sorge um dich.«

»Wirklich?« fragte Tanja.

Michaela konnte nicht deuten, ob es Überraschung oder Skepsis war, was da in Tanjas Stimme mitklang. »Ja, natürlich«, sagte sie und nickte nachdrücklich.

Sie setzten sich. Zum ersten Mal lächelte Tanja frei heraus. »Danke.« Dann verdüsterte sich ihr Blick sofort wieder. »Es war nett von dir, hier auf mich zu warten, obwohl du sicher etwas anderes vorhattest. Jetzt mußt du wohl gehen?«

»Ich war auf dem Weg in die Stadt als wir – zusammengestoßen sind. Eine Freundin von mir hat bald Geburtstag. Ich wollte ein Geschenk kaufen.« Das war völlig frei erfunden, und Michaela fühlte sich unwohl bei der Lüge, aber sie konnte schlecht die Wahrheit sagen.

»Ein Geschenk?« Tanjas Augen leuchteten. »Das ist schön«, sagte sie leise.

Michaela wunderte sich über die Melancholie in Tanjas Stimme. Sie mußte schon wieder einen wunden Punkt in Tanjas Inneren getroffen haben. Nur war Michaela nicht klar, welcher das sein sollte. Tanja hatte in ihrem Leben doch wohl nicht unter Mangel an Geschenken gelitten. Walter Kanter konnte seiner Tochter eine ganze Geschenk*boutique* kaufen. Eine Geschenkboutiqueladenkette, wenn es sein mußte.

»Ja natürlich, ein Geschenk. Was sonst bekommt man zum Geburtstag?« fragte Michaela verwirrt. Auch wenn ihre *Meine-Freundin-hat-Geburtstag-Geschichte* erfunden war, es interessierte sie, was es mit Tanjas Traurigkeit auf sich hatte.

Tanja schaute sie ruhig an. »Gutscheine. Ich bekomme immer Gutscheine. Mein Vater hat keine Zeit, auf Geschenksuche zu gehen. Er sagt immer, er wüßte nicht, was Mädchen sich wünschen. ›Mach dir selbst eine Freude‹, lautet sein Standardspruch. Auf den Gedanken, daß es mir egal wäre, was er mir schenkt, wenn ich nur das Gefühl hätte, er hat sich in seinen Gedanken eine Minute mit mir beschäftigt, ist er noch nicht gekommen.«

Michaela hörte bedrückt zu. »Und deine Freunde?« fragte sie.

»Ich habe nicht so viele Freunde«, erwiderte Tanja zurückhaltend. »Genaugenommen gar keine«, fügte sie leise hinzu.

Keine Freunde? Das konnte Michaela sich nicht vorstellen. »Was machst du denn an deinem Geburtstag?«

»Nichts. Es ist ein Tag wie jeder andere auch.« Tanja versuchte ihrer Stimme einen festen Klang zu geben.

Doch Michaela vernahm, wie sie leicht flatterte. Sie seufzte. Da hatte sie ja wieder richtig zugelangt! Offensichtlich war es ihre Spezialität, in Tanjas Wunden herumzustochern.

Sie legte ihre Hand auf Tanjas. »Du mußt dir unendlich einsam vorkommen an so einem Tag«, sagte sie mitfühlend.

»Wie gesagt, es ist ein Tag wie jeder andere.«

Michaela verstand. Tröstend strich sie über Tanjas Hand. Diese junge Frau war so anders, als sie es sich vorgestellt hatte. Ihrem Wesen fehlte jede Spur von Anmaßung, wie andere Töchter gut situierter Eltern sie gern an den Tag legten. Tanja war auch nicht zornig oder verbittert, wie Michaela nach dem, was Walter Kanter erzählt hatte, befürchtet hatte. Tanja war einfach nur sensibel – und verletzt. In ihrer wie andere sicher meinten rosigen Welt, fehlte eine entscheidende Komponente: Wärme.

»Wie wäre es?« fragte Michaela. »Wollen wir gemeinsam auf Geschenksuche gehen? Du mußt ja vor Ideen förmlich übersprudeln. Ich tue mich da ehrlich gesagt auch immer etwas schwer.« Sie würde Geld für umsonst ausgeben, aber das war Michaela in diesem Moment egal. Sie wollte Tanja einfach eine kleine Freude machen.

»Meinst du das ernst?« Tanjas Augen leuchteten.

»Natürlich. Sonst würde ich es doch nicht vorschlagen.«

Tanja lächelte scheu. »Ich würde gern mitkommen.«

Michaelas Vermutung bestätigte sich. Tanja schöpfte aus einem reichen Pool mit Geschenkideen. Sie zog Michaela in fast jedes Geschäft, immer auf der Suche nach charmanten, witzigen oder originellen Dingen. Ob Sport-, Schmuck- oder Kosmetikboutique, Elektronik- oder Schreibwarenladen, fast überall fand Tanja eine Kleinigkeit. Allein der Gedanke, ein Geschenk für jemanden zu kaufen, der sich darüber freuen würde, auch wenn sie die Person nicht einmal kannte, machte Tanja so viel Spaß, daß ihr Gesicht richtig Farbe bekam. Ihr Lächeln währte länger als nur einen scheuen Augenblick, und ihre Augen begannen zu funkeln. Sie gingen sogar in ein Spielzeuggeschäft. Zuletzt stöberten sie eine knappe Stunde in einem Buchladen.

Anschließend verschnauften sie in einem kleinen Café. Neben ihren Stühlen standen die vielen Einkaufstüten, gefüllt mit nützlichen und weniger nützlichen Dingen. Sie bestellten Kaffee. Michaela betrachtete nachdenklich Tanja, die ihr glücklich strahlend gegenübersaß. Glücklich, aber auch mit dem Ausdruck der Gewißheit im Gesicht, daß ein schönes, seltenes Erlebnis nun bald vorbei sein würde. Die Traurigkeit darüber begann bereits Tanjas Blick zu verdunkeln.

Michaela schmunzelte in sich hinein. Nicht nur, weil sie wußte, daß Tanja sich unnötige Gedanken machte, sondern weil sie eine Überraschung für Tanja hatte. Sie holte eine kleine, hübsch verpackte Schachtel aus ihrer Jackentasche hervor, legte sie auf den Tisch und schob sie langsam zu Tanja hinüber. »Für dich.«

Tanjas Augen staunten Michaela an, wie ein Kind, das nicht fassen konnte, daß es Unmengen von seinem Lieblingseis essen durfte. »Für mich?«

»Mach es auf«, sagte Michaela lächelnd.

Tanja betrachtete ehrfürchtig die Schachtel, nahm sie in ihre Hand, schob langsam das Band über die Ecke, entfernte das Papier. Fasziniert starrte sie auf den Inhalt der kleinen Schachtel. Schließlich berührten ihre Finger vorsichtig die darin liegende Kette, nahmen sie heraus. Ein dünnes, rundes Kautschukhalsband, auf dem, in gleichmäßigen Abständen fest aufgepreßt, silberne Ringe saßen. In der Mitte, links und rechts eingefaßt mit ebensolchen silbernen Ringen, ein funkelnder, blauer, länglicher Stein.

»Er wird gut zu deinen Augen passen«, erläuterte Michaela ihre Wahl.

Besagte Augen füllten sich gerade mit Tränen. »Sagtest du nicht, du tust dich schwer mit so was?« preßte Tanja bewegt hervor.

Ja, stellte Michaela verwundert fest. Doch während ihres Einkaufsbummels hatte sie tausend Dinge gesehen, die alle gut zu Tanja gepaßt hätten. Diese Kette war nur eines davon, ein besonders schönes, wie sie fand. Und Tanja fand das offenbar auch. Die Überraschung war gelungen.

Tanja schaute immer noch ganz fasziniert auf den Modeschmuck in ihrer Hand. Plötzlich stand sie auf und verschwand. In Richtung Toiletten, wie Michaela registrierte. Als Tanja wiederkam, lag die Kette um ihren Hals, die Tränen in den Augen waren verschwunden. Statt dessen leuchteten sie glücklich. Und – wie Michaela vermutet hatte – der kleine Stein an der Kette paßte genau zu diesem blauen Leuchten.

Tanja umarmte Michaela samt Stuhl von hinten. »Danke«, flüsterte sie dabei in ihr Ohr. Michaela spürte einen kurzen Augenblick Tanjas warme Lippen. Oder war es nur ihr Atem, der sie streifte? Egal was es war, Michaela fühlte sich Tanja in diesem Moment sehr nah. Ihr diese Freude zu bereiten, sie dabei zu beobachten, wie sie das Geschenk aufmachte, hatte Michaela Spaß gemacht. Sie empfand den Augenblick als wohltuend.

Die Kellnerin brachte den Kaffee. Tanjas eben noch so strahlendes Gesicht verdüsterte sich erneut. »Schade«, sagte sie leise.

Michaela schaute sie verwirrt an. »Was meinst du?«

Tanja tat sich schwer. »Ach, nicht so wichtig.«

»Na los, sag schon«, forderte Michaela sie auf.

Zögerlich gestand Tanja: »Wir werden uns gleich verabschieden. Dieser Kaffee noch, vielleicht ein zweiter und dann . . . werde ich dich wohl nicht wiedersehen.«

Michaela fühlte, wie Scham in ihr hochstieg. Sie hatte für einen kurzen Moment vergessen, warum sie hier mit Tanja saß. Der Tag war so schön gewesen, sie hatte ihn einfach genossen. So wie Tanja auch. Aber nun erinnerte Michaela sich, wie alles angefangen hatte und warum. Und jetzt würde sie sich Tanjas offensichtliche Sympathie zunutze machen. So sah es der Plan schließlich vor. Nur daß ein anderer Teil des Planes vorsah, daß Tanja eine trotzige junge Frau war, die den Aufstand probte. Aufsässigkeit aus verletzter Eitelkeit. Im Grunde oberflächlich und egoistisch. Eine Motivation, für die sie, Michaela, kein Verständnis hatte und die es ihr, trotz gewisser moralischer Bedenken, leicht machen sollte, an dem geplanten Komplott teilzunehmen. Dieser Teil des Planes hatte sich als fehlerhaft erwiesen.

Tanja war weder trotzig noch oberflächlich oder egoistisch. Obwohl ihre Gefühle über einen sehr langen Zeitraum hinweg verletzt worden waren, was tiefe Wunden hinterlassen hatte, wütete Tanja nicht. Sie nahm den Schmerz still hin, litt leise, beinah unsichtbar. Wären da nicht diese traurigen Augen ...

Wie soll ich in diese Augen sehen und einfach weitermachen?

Aber du kannst noch zurück, Michaela! Du kannst Tanja einfach sagen, daß es ein netter Tag war, den du genossen hast, aber nun mußt du, wie sie selbst erkannt hat, gehen. Auf Wiedersehen und fertig. Walter Kanter sagst du, daß er dich zwar am ausgestreckten Arm verhungern lassen, aber nicht zwingen kann, bei dieser unmoralischen Sache mitzumachen. Und Vanessa erzählst du erst gar nichts von alldem, schon gar nicht, daß du die Chance auf Gomera sausen läßt, weil du nicht in zwei enttäuschte blaue Augen sehen willst, wenn der Schwindel auffliegt. Fazit: Keine Karriere, kein Aufwind in der Beziehung, aber ein reines Gewissen.

Michaela wollte schon aufstehen und sich verabschieden, als ein anderer Gedanke sie einholte: Half sie Tanja wirklich, wenn sie jetzt ging? Würde Walter Kanter nicht einfach jemand anderen finden, der die Rolle der »Freundin« übernahm? Jemanden mit weniger Skrupeln, der keine Rücksicht auf Tanjas Sensibilität nehmen würde?

Du könntest Tanja davor bewahren. Als wirkliche Freundin. Was spielt es für eine Rolle, warum ihr euch ursprünglich kennengelernt habt, wichtig ist nur, daß du die Kleine magst. Du kannst sie aus ihrer Einsamkeit befreien, kannst ihr helfen, das Leben zu entdecken, kannst diese blauen Augen zum Lachen bringen.

All diese Gedanken rasten Michaela innerhalb weniger Sekunden durch den Kopf und führten blitzschnell zu einem Entschluß. Sie würde Walter Kanters idiotischen Plan vergessen, aber in Tanjas Nähe bleiben. Gegenüber Kanter würde sie so tun, als wäre sie auf seiner Seite, und Vanessa, der sie ja die neue Freundin irgendwie erklären mußte, würde sie auch die offizielle Version vortragen.

An dieser Stelle stutzte Michaela. Sie stellte sich die Frage, warum sie das tun wollte. Warum ging sie nicht einfach und hielt sich aus allem raus? Wäre das nicht viel einfacher?

Ja, das wäre es. Aber ein Blick zu Tanja, in deren bereits wieder traurig schimmernde Augen, machte es ihr unmöglich, diesen einfachen Weg zu gehen.

»Willst du mich denn wiedersehen?« fragte Michaela sanft.

Tanja entgegnete ihrem Blick. »Ja, schon. Aber ich kann wohl kaum verlangen, daß du mir noch mehr Zeit opferst.«

Michaela zwinkerte Tanja zu. »Ich glaube, du hast noch einen Wunsch bei mir frei, weil ich dein Auto demoliert habe. Du könntest dir wünschen, daß ich dich morgen zum Abendessen einlade.«

Tanjas fragender Gesichtsausdruck bestärkte Michaela in ihrem Entschluß. *Unglaublich!* dachte sie. Entweder verstand Tanja den Wink nicht, der doch nun wirklich mehr als direkt war, oder sie war zu scheu, die Einladung anzunehmen.

»Du kannst darüber nachdenken, während ich auf die Toilette gehe«, sagte Michaela schmunzelnd und ließ Tanja allein.

Tanja schaute Michaela verwirrt nach. Sie konnte nicht glauben, was heute alles passierte. Am Morgen rammte Michaela ihren Mini. Statt ihr einfach die Versicherungsnummer zu geben und davonzurauschen, fuhr Michaela sie zur Uni. So weit, so gut. Aber spätestens hier hätte Tanja nun erwartet, daß Michaela sich verabschiedete. Denkste! Michaela wartete in der Caféteria, bis sie mit ihrer Prüfung fertig war, und lud sie zu einem Einkaufsbummel ein. Entweder war Michaela ein ganz besonders netter Mensch oder einer mit einem besonders schlechten Gewissen. Tanja wußte es nicht. Als Michaela sie mit dem Geschenk überraschte, war sie überwältigt. Nur deshalb rutschte ihr das »Schade« heraus. Einfach, weil sie den bevorstehenden Abschied wirklich bedauerte. Und wieder schaffte Michaela es, sie zu überraschen. Mit einer Einladung, ganz wie nebenbei. Es war Tanja rätselhaft, warum Michaela so herzlich zu ihr war. Es mußte das schlechte Gewissen sein. Eine andere Erklärung gab es nicht.

Und deshalb wäre es unfair, Michaelas Einladung anzunehmen. Das wußte Tanja. Sie nahm sich vor: Wenn Michaela zurückkommt, bedankst du dich für alles und sagst Auf Wiedersehen. In der Gewißheit, daß es genau das nicht geben wird: ein Wiedersehen. Aber es mußte sein. Sie durfte Michaelas Freundlichkeit nicht länger ausnutzen.

Tanja seufzte. Sie sah es vor sich: Michaela würde lächeln, sich mit ihrer warmen, freundlichen Stimme wiederum bei ihr bedanken und gehen. Und mit ihr würde die wohltuende Aufmerksamkeit verschwinden.

Ein zweiter Seufzer entschlüpfte Tanja. Sie war ehrlich genug zuzugeben, wie sehr sie diese Aufmerksamkeit genossen hatte. So etwas war ihr schon sehr, sehr lange nicht mehr passiert. Für gewöhnlich beschränkte sich die Aufmerksamkeit, die man ihr zukommen ließ, darauf, sie als Tochter ihres Vaters zu betrachten. Der wiederum erinnerte sie bloß ständig daran, daß es an der Zeit sei, ihren Platz in der Firma einzunehmen. Das schien seine einzige Sorge zu sein.

Michaela kam von der Toilette zurück und setzte sich wieder Tanja gegenüber an den Tisch. »Und? Hast du einen speziellen Wunsch, was das Essen betrifft?« fragte sie mit einem Schmunzeln im Gesicht.

Tanja, völlig überrumpelt davon, mit welcher Selbstverständlichkeit Michaela die Verabredung bereits als gegeben nahm, vergaß, was sie sich vorgenommen hatte. Sie lächelte Michaela glücklich an.

3.

»Du gehst aus?« Vanessa zog verwundert die Augenbrauen hoch. »Und fragst gar nicht, ob ich mitkommen will?«

Michaela lächelte. »Geht nicht, Schatz. Ist sozusagen geschäftlich.«

»Geschäftlich? Und warum motzt du dich dann so auf?« fragte Vanessa skeptisch.

Michaela schaute an sich herunter. Sie hatte eine türkisfarbene Seidenbluse gewählt, die locker über den Bund ihrer eng geschnittenen, schwarzen Hose fiel. »Findest du?«

Vanessa näherte sich Michaela, schnupperte an ihr. »Und du riechst . . . wie bei unserem ersten Date.«

»Ich nehme immer *CK*, das weißt du doch.«

»Mann oder Frau?« wollte Vanessa wissen.

»Frau«, gab Michaela zu. Es gab schließlich keinen Grund, Vanessa etwas anderes zu erzählen.

»Du hast nicht zufällig beschlossen, mich eifersüchtig zu machen?« fragte Vanessa leichthin. Ihr Ton verriet: Sie fürchtete keine Konkurrenz.

»Würde es denn funktionieren?« fragte Michaela mit dem Bewußtsein, daß es das nicht würde.

Vanessa bestätigte dann auch: »Nein. Ich stehe nicht auf Theatralik.«

»Eben. Glaubst du, das weiß ich nicht?« Michaela sah Vanessa lächelnd an. »Aber ich glaube zu wissen, daß du nichts gegen einen Aufenthalt auf den Kanaren einzuwenden hättest. Und genau daran arbeite ich.« Sie strich Vanessas Wange, küßte sie.

»Kanaren?« Vanessas Interesse war geweckt.

»Ich habe dort eine Stelle als Hotelmanagerin in Aussicht gestellt bekommen«, verkündete Michaela. Daß sie diese

Stelle aller Wahrscheinlichkeit nach nicht bekam, weil die dazugehörige Absprache, was sie betraf, schon wieder hinfällig war, stand auf einem anderen Blatt. Andererseits, wer sagte denn, daß Tanja nicht doch, ohne fremden Zuspruch, ihre Meinung änderte und in die Firma einstieg? Walter Kanter würde dann ihr, Michaela, diesen Sinneswandel zuschreiben. Michaela hielt in ihrer Überlegung inne. Richtig. An diese Variante hatte sie noch gar nicht gedacht. »Wenn es klappt, kannst du deinem Schalter in der Bank den Rücken kehren, dann ziehen wir in den Süden«, sagte sie. *Die Hoffnung stirbt schließlich immer zuletzt*, dachte sie ironisch.

»Hört sich wirklich sehr verlockend an«, gab Vanessa zu. »Wann ist es denn soweit?«

»Ja, da kommen wir wieder zum heutigen Abend«, sagte Michaela. »Ich treffe mich mit der Tochter meines Chefs. Du wirst es nicht glauben, aber sie hat ihrem Vater auf den Kopf zugesagt, daß sie das Familienunternehmen nicht übernehmen will. Der ist darüber natürlich außer sich und hat, nachdem er selbst keinen Erfolg damit hatte, mich engagiert, die Kleine umzustimmen. Wenn es mir gelingt, bekomme ich die Stelle als Hoteldirektorin auf Gomera.« Michaela hoffte, alles überzeugend rübergebracht zu haben.

»Na toll. Und wie willst du das machen? Denn wenn es leicht wäre, hätte er wohl kaum eine solche Belohnung geboten«, erkannte Vanessa messerscharf die Problematik.

»Schon richtig. Ich kann nicht einfach mit der Tür ins Haus fallen. Es wird ein paar Wochen in Anspruch nehmen, das Vertrauen des Mädchens zu gewinnen.« Obwohl Michaela nicht mehr die Absicht hatte, Tanja wirklich derart zu hintergehen, zuckte sie bei diesen Worten zusammen. Sie klangen so – gemein. Sie *waren* gemein. *Daß du überhaupt jemals die Beteiligung an so etwas in Erwägung gezogen hast!*

»Heißt das, du wirst in der nächsten Zeit öfter mit besagter Tochter ausgehen?« wollte Vanessa wissen.

»Ja, es wird sich nicht vermeiden lassen, daß ich viel Zeit

mit ihr verbringe.« Wohl wissend, daß auch diese Worte zu ihrer Rolle gehörten, auch zu ihrer neuen, fühlte Michaela sich dennoch unwohl in ihrer Haut. Egal wie sie es drehte und wendete, irgendwen mußte sie in jedem Fall belügen. In diesem Moment war es Vanessa, der sie etwas vormachte. Um sich von ihrem schlechten Gewissen abzulenken, gab Michaela dem Gespräch eine andere Richtung. Sie grinste Vanessa an. »Wirst du nun doch eifersüchtig?«

»Man kann ja nie wissen«, meinte Vanessa, legte ihren Arm um Michaelas Hals, zog sie zu sich heran und küßte sie fordernd.

Michaela beruhigte ihre Geliebte. »Wenn du sie gesehen hättest, würdest du dir keine Sorgen machen.« Kaum ausgesprochen, meldete sich ihr schlechtes Gewissen erneut, diesmal noch lauter als zuvor. Sie tat ja gerade so, als wäre Tanja grottenhäßlich. Erstens war das gemein gegenüber Tanja, und zweitens stimmte es auch gar nicht. Tanja paßte nur nicht in die Schablone, die man vor Augen hatte, wenn man allgemein von *hübsch* redete. Sie war – eben Tanja.

»Immerhin ist sie sehr betucht«, meinte Vanessa. »Das macht so manchen Nachteil wett, oder nicht?«

Michaela schaute Vanessa fragend an. »Wie meinst du das?«

»Ich an deiner Stelle würde mir die Tochter schnappen, statt auf die Almosen des Vaters zu warten«, grinste Vanessa.

»Das meinst du nicht im Ernst!«

Vanessa winkte ab. »Vergiß es. Na, immerhin kann die Gute ab und zu auch mal die Rechnung für den Abend übernehmen. Das hält deine Spesen im Rahmen. Kannst du die eigentlich bei dem Vater abrechnen, falls der Plan fehlschlägt?«

Michaela schaute Vanessa perplex an. »Keine Ahnung. Darüber haben wir nicht gesprochen.« Nicht mal, als sie sich noch an den Plan zu halten gedachte, hatte sie sich darüber Gedanken gemacht. Manchmal jagte ihr Vanessas Art einen

Schrecken ein. Aber sie selbst bekleckerte sich in der Sache ja auch nicht gerade mit Ruhm.

Michaela wartete vor dem Restaurant auf Tanja. Die kam mit dem Taxi, verhedderte sich beim Aussteigen irgendwie im Sicherheitsgurt, stolperte beinah.

Michaela sprang schnell hinzu, hielt sie. »Hoppla!«

Tanja lächelte ihr verlegen zu. »Hallo.« Sie hatte das Haar hinten zusammengebunden, was ihrem Gesicht einen strengen Ausdruck verlieh und sie außerdem älter erschienen ließ. Tanjas Outfit bildete ein eng anliegendes, grünes Top mit einer Vielzahl von Schnüren, das genau am Bund der weißen Jeanshose abschloß, den ein Nietengürtel zierte.

Im stillen gab Michaela dem Top eine glatte Sechs, der Hose eine Drei minus. Und die Frisur, na ja, wer den strengen Lehrerinnentyp mag ... Ein wenig Beratung hätte hier wirklich gutgetan. Aber woher sollte Tanja auch wissen, wie daneben sie mit der Wahl ihrer Klamotten lag, wenn die einzige Kritikerin, die sie hatte, sie selbst war und ihr Modeverstand offensichtlich ihrem Wissen in Wirtschaftsrecht weit hinterherhinkte. Vielleicht interessierte Tanja sich aber auch einfach nicht für Äußerlichkeiten.

Michaela ließ sich ihre Gedanken nicht anmerken, erwiderte Tanjas Lächeln ungezwungen. »Hallo.«

Sie gingen ins Restaurant. Tanja sah sich scheu um. Michaela, die hinter ihr das Lokal betrat, hielt Ausschau nach der Bedienung, die ihnen einen Tisch zuweisen würde.

»Zwei Personen«, sagte Michaela, als der junge Mann sie nach ihrem Wunsch fragte, und sie wurden zu einem Tisch am Fenster geführt. Tanja und Michaela setzten sich. Zwei Speisekarten wurden gebracht. Michaela bestellte eine Flasche Rotwein und Wasser.

»Ich habe bereits bei meiner Versicherung angerufen. Das Schadensformular dürfte spätestens übermorgen bei dir sein. Du weißt, du kannst kostenlos einen Leihwagen gleicher

Leistungsklasse nehmen, bis der Schaden behoben ist.« Natürlich wußte Michaela, daß Tanja keine finanziellen Sorgen quälten, und sie sich jeden Wagen hätte leihen können, der ihr gefiel. Aber sie durfte nicht zeigen, daß sie das wußte, egal, ob sie sich nun an Kanters Plan hielt oder ihren Gegenplan spielte. Tanja mußte an eine Zufallsbekanntschaft glauben. Und als diese wußte sie von Tanja bisher nur, daß sie bei einem Autounfall ihre Mutter verlor, daß es ihr leichtfiel, Bestnoten in Prüfungen zu bekommen und daß ihr Vater Tanjas Geburtstag mit einem Geschenkgutschein abtat. »Und wenn es Probleme mit der Werkstatt geben sollte, ruf mich einfach an. Ich möchte nicht, daß dir irgendwelche Nachteile aus der Sache erwachsen.«

Tanja lächelte sanft. »Ich komme schon klar.«

»Wirklich? Du wirkst auf mich irgendwie ... etwas hilflos.«

»Warum? Weil ich ein krankes Bein habe? Mein Kopf funktioniert fehlerfrei. Ich bin fünfundzwanzig und durchaus in der Lage, mich im Alltag zurechtzufinden. Ich stand gestern morgen vielleicht etwas unter Schock. Aber mir geht es wieder gut.«

»Das freut mich.«

»Allerdings«, Tanja zögerte. »Ich fühle mich trotzdem unwohl in meiner Haut.« Sie blinzelte unsicher. »Diese Einladung hier ist doch nur zustandegekommen, weil ich ... na ja mit meiner Bemerkung ... da warst du sozusagen moralisch verpflichtet, mir dieses Angebot zu machen.«

Michaela schüttelte lächelnd den Kopf. »Glaub mir«, versicherte sie, »egal wie sehr du mich genötigt hättest, hätte ich nicht gewollt, säßen wir jetzt nicht hier.«

»Du bist also nicht genervt?«

»Wie bitte?« fragte Michaels verblüfft. »Mache ich etwa den Eindruck, genervt zu sein?«

»Das nicht. Aber ich nehme an, du hast genug Selbstbeherrschung, so etwas zu verbergen. Du machtest auch gestern nach dem Crash einen sehr gefaßten Eindruck auf mich. Du hattest alles unter Kontrolle.«

Michaela verbarg ihre Überraschung, so gut sie konnte. Wenn Tanja von ihren ursprünglichen Absichten nichts wußte – und woher sollte sie schließlich –, verfügte sie über eine gute Beobachtungsgabe. »In meinem Job werde ich oft mit Situationen konfrontiert, in denen die Dinge sich überschlagen. Da muß ich trotzdem die Übersicht behalten«, erwiderte Michaela und hoffte Tanja damit eine Erklärung zu geben.

»Was machst du?«

»Ich bin Assistentin im Management.«

Der Kellner kam mit dem Wein und fragte, was sie zu essen wünschten. Sie bestellten Kalbsbraten.

»Hört sich ziemlich bedeutend an«, meinte Tanja. »Macht dir die Arbeit Spaß?« fragte sie.

»Ja.« Michaela wartete nicht, bis Tanja fragen würde, wo genau sie arbeitete. Und schon gar nicht hatte sie vor, es ihr zu sagen. Obwohl es einfach gewesen wäre. Zum Beispiel so: *Was für ein lustiger Zufall, mein Chef heißt mit Nachnamen genau wie du. Was? Das ist dein Vater? So was! Zufälle gibt's.*

Nein, Michaela zog es vor, dieses Thema geschickt zu umschiffen, denn sie wollte nicht, daß Tanja sich ihr gegenüber verschloß. Das würde sie aber ganz sicher tun, wenn sie wüßte, wer Michaelas Chef war.

»Und was ist mit dir?« fragte Michaela deshalb schnell. »Wann wirst du mit deinem Studium fertig?«

»In vier Wochen.«

»Schon einen Job in Aussicht?« Natürlich war Michaela auch bekannt, daß Tanja den besten Job der Welt hätte, wenn sie nur wollte.

»Nein.«

»Na, das wird sicher kein Problem. Ich schätze, deine Abschlußnote auf mindestens eins Komma fünf. Oder?«

Tanja lächelte. »Komma drei«, berichtigte sie.

Michaela pfiff leise. »Alle Achtung. Dein Vater, auch wenn

er nicht der Einfühlsamste ist«, *was meine Erfahrungen durchaus bestätigen,* »ist doch sicher stolz auf dich.«

Tanja zuckte nur mit den Schultern. »Das wäre er wohl, wenn ich etwas mehr seinen Vorstellungen entspräche.«

»Ich dachte, ihr müßtet euch besonders nahestehen, wenn . . . wenn deine Mutter so früh gestorben ist«, forschte Michaela vorsichtig.

»Nein. Ich bin meinem Vater nicht besonders wichtig. Hinzu kommt, daß wir in den meisten Dingen verschiedener Auffassung sind. Das macht es sehr schwierig. Das ist auch der Grund, warum ich nicht weiß, was ich nach meinem Studium machen werde. Nur eines weiß ich ganz genau: Ich werde nicht in seine Fußstapfen treten und später einmal die Hotelkette übernehmen, so wie er es sich wünscht.« Tanja sah Michaela offen an. »Jetzt denkst du sicher, ich bin so eine verwöhnte, reiche Göre, die nicht weiß, wie froh sie sein kann, sich ins gemachte Nest setzen zu können. Die alles einfach so bekommt, wofür andere hart arbeiten müssen.« Tanja seufzte. »Na ja, vielleicht ist es ja so.«

Michaela ließ auch diese Gelegenheit verstreichen Tanja zu sagen, wer ihr Chef war. Obwohl es bei der Erwähnung des Wortes *Hotelkette* angebracht gewesen wäre, die Bemerkung einzuschieben, daß sie für eine solche arbeitete. Doch sie wollte unbedingt vermeiden, daß Tanja sich wieder zurückzog. Statt dessen fragte sie: »Gefällt dir der Job nicht, den du machen sollst?«

»Der Job wäre schon in Ordnung. Darum geht es nicht.«

»Und worum geht es?«

»Darum, daß sich in unserer Familie immer alles ausschließlich um die verdammte Firma dreht. Mein Vater hat das Unternehmen von seinem Vater geerbt und lebt in der Vorstellung, daß es nichts Wichtigeres gibt. So hat er es gelernt. Selbst als meine Mutter starb, ging er tags darauf ins Büro.«

»Vielleicht war es das einzige, was ihm Halt gab.«

»Ja, das ist schon möglich. Und ich weiß auch, daß er als Firmenchef eine Verantwortung gegenüber seinen Angestellten hatte. Da konnte er nicht einfach alles hinwerfen und sich der Trauer hingeben. Was ich nicht verstehe, was war mit seiner Verantwortung gegenüber seiner Tochter? Da reichte es nur für ein Kindermädchen.«

»Welches sich freute, daß ihr Schützling so ruhig war«, vermutete Michaela. »Das ersparte ihr unnötigen Streß. Sie sah keinen Grund, deinen Vater mit der Tatsache zu konfrontieren, daß du dich einsam fühlen könntest.« Es brauchte keine besonderen hellseherischen Fähigkeiten, das zu erraten. So sah die Geschichte also aus Tanjas Sicht aus.

»Aus Langeweile machte ich meine Hausaufgaben sehr gründlich, las viel. Das brachte mir gute Noten in der Schule und den Ruf der eigenwilligen Außenseiterin ein. Ich hatte nie eine wirkliche Freundin, jemand, mit der ich reden konnte.«

Jetzt hast du eine, drängte es Michaela zu sagen, doch sie unterließ es. Eine Freundin durfte sich nicht hinter Halbwahrheiten verstecken. »Konntest du denn mit deinem Vater gar nicht reden?«

»O doch. Und er hörte mir auch zu – wenn er mal Zeit hatte – zwischen Vorstandssitzung und Hotelneueröffnung. Aber diese Momente waren sehr selten.«

Der Kellner kam mit dem Essen.

»Verstehe, und damit es deinen Kindern nicht einmal genauso geht, willst du die Firma nicht übernehmen.«

Tanja senkte den Kopf. »Meinen Kindern?« Ihrer Stimme war deutlich die Verlegenheit anzuhören. »Ich habe ja noch nicht einmal einen Freund.« Sie schnitt ein Stück von ihrem Kalbsbraten ab.

Michaela schaute sie neckend an. »Was nicht ist, kann ja noch werden.«

Tanjas Verlegenheit amüsierte sie. Hatte sie nicht vor wenigen Minuten noch darauf bestanden, daß sie fünfundzwanzig und somit alt genug war, sich im Alltag zurechtzufinden?

Tanja schaute immer noch auf ihren Teller. »Veralbern kann ich mich allein. Ich weiß sehr gut, daß ich nicht besonders hübsch bin. Und dann mein Bein. Ergo laufen mir die Verehrer nicht gerade hinterher.«

»Aber nur, weil du deine Reize hinter einer unscheinbaren Fassade versteckst. Ich sehe deutlich einen kleinen Schwan unter dem Gefieder des Entleins. Dein Handicap dient dir doch nur als Ausrede.«

Tanja wurde rot. Sie sah Michaela an. »Wenn man so aussieht wie du, hat man leicht reden.«

Michaela hielt Tanjas Blick fest. »Ich wette mit dir, du kannst mich noch in den Schatten stellen.«

Tanja senkte erneut den Blick. »Du spinnst.«

Michaela zuckte mit den Schultern. »Wie du meinst.« Sie schwieg, widmete sich ihrem Essen. Dann sagte sie wie nebenbei: »Schade eigentlich.«

Tanja tat, als hörte sie es nicht. Doch Michaela entging nicht, wie Tanja verstohlen zu ihr sah. Sie hätte offensichtlich schon gern gewußt, was Michaela mit ihren Worten meinte, traute sich aber nicht zu fragen.

Michaela wechselte das Thema. Sie lobte das Essen und den Wein, schwärmte von Restaurants, in denen sie früher bereits vorzüglich gegessen hatte, stellte Vergleiche an. Dabei beobachtete sie Tanja, die ihr nur mit halbem Ohr zuhörte, weil sie mit ihren Gedanken ganz woanders war. Michaela wußte auch, wo. Ihre Vermutung, Tanja interessiere sich vielleicht nicht so sehr für ihr Äußeres, traf nicht zu. Tanja wußte, daß Veränderung ihr gut zu Gesicht stehen konnte, nur traute sie sich nicht so recht aus ihrem Schneckenhaus heraus. Die so unerwartet angebotene Hilfe mußte verlockend für sie sein, aber auch beängstigend.

»Langweile ich dich?« unterbrach Michaela ihren Monolog über Speisen und Weine und tat enttäuscht. Tanja beeilte sich, das Gegenteil zu versichern. Also redete Michaela weiter. Innerlich wartete sie gespannt, wie Tanja sich entscheiden würde. Tanja gab sich zwar alle Mühe, gelassen auszusehen und so zu tun, als habe sie Michaelas Bemerkung bereits wieder vergessen. Aber verschiedene Zeichen deuteten darauf hin, daß dem ganz und gar nicht so war. Die Kartoffeln rutschten ihr unter der Gabel weg, die Säge des Messers quietschte immer wieder über den Tellerboden, statt bei dessen Berührung stillzustehen, sie trank fortlaufend in Minischlucken von ihrem Wein.

»Glaubst du wirklich ... wie hast du das mit dem *in den Schatten stellen* gemeint?« rang Tanja sich endlich durch. Um sich gleich darauf wieder zurückzuziehen. »Ach was, ich fühle mich wohl, so wie ich bin. Und überhaupt bin ich nicht der Typ für ein aufwendiges Outfit.«

»Warum läßt du es nicht einfach auf einen Versuch ankommen? Vielleicht gefällt es dir ja«, schlug Michaela vor.

»Ich weiß nicht.« Tanja schwankte immer noch. Es fiel ihr schwer zuzugeben, daß sie sich genau das schon oft gewünscht hatte. Nur fehlte ihr der Mut, etwas in dieser Richtung zu unternehmen. Sie scheute die Kommentare im Anschluß, die Blicke, die sie auf sich ziehen würde. Das alles wäre ihr peinlich. Tanja hatte sich deshalb lieber eingeredet, sie wäre zufrieden mit ihrem Aussehen.

Michaela lächelte. »Aber *ich* weiß. Vertrau mir.« Kurz flackerte die Erkenntnis in Michaela auf, daß sie gerade dabei war, einen Teil ihrer Absprache mit Walter Kanter zu erfüllen. *Aber deswegen tue ich es ja nicht*, sagte sie sich. *Ich tue es für Tanja. Sie hat es verdient, daß sich endlich mal jemand ihrer annimmt.*

Ach, wirklich Michaela? widersprach eine Stimme in ihr, die es besser wußte. *Ist es nicht vielleicht ein bißchen anders? Ist es nicht vielleicht so, daß du die Hoffnung auf die Stellung der Hotelmanagerin doch nicht so tief begraben hast, wie du glaubtest?*

4.

Zu Michaelas Freundinnen zählte unter anderem Jana. Zu der schleifte sie Tanja heute nach der Arbeit, denn Jana war als Friseurin genau die Richtige, um für Tanjas neues Outfit den Grundstein zu legen. Eines hatte Michaela dabei allerdings nicht bedacht: Janas Beruf brachte es mit sich, daß sie eine absolute Plaudertasche war. Darüber hinaus liebte Jana es, andere in Verlegenheit zu bringen.

Selbst Tanja konnte so weltfremd nicht sein, daß sie nicht schnallte, worauf Jana anspielte, als die zu Michaela sagte: »Zwei Stunden in meinen professionellen Händen, und du kannst die Kleine bei den Mädels vorzeigen. Wobei – verstecken wäre dann wohl angebrachter, wenn du was von ihr haben willst.« Und spätestens als Jana hinzufügte: »Wurde ja auch Zeit, daß du Vanessa endlich in die Wüste schickst. Die betrügt dich doch, wo sie kann«, war wohl alles klar.

Michaela quittierte Janas Indiskretion mit saurer Miene. Die tat, als bemerke sie nichts.

Tanja sah irritiert zwischen den beiden hin und her und schließlich verlegen zur Seite.

Jana zwinkerte Tanja zu, wies breit grinsend auf einen der Stühle bei den Waschbecken. »Bitte nehmen Sie Platz, meine Dame.«

Tanja folgte der Aufforderung.

»Was hast du dir denn so vorgestellt? Wie weit willst du mit der Veränderung gehen?« fragte Jana.

»Ich habe gar keine richtige Vorstellung«, gab Tanja zu. Und beinah entschuldigend: »Das ganze war Michaelas Idee.«

»Eine, für die du ihr dankbar sein solltest«, meinte Jana und fügte schnell hinzu: »Ohne dich beleidigen zu wollen, aber es ist eine Sünde, ein so hübsches Gesicht nicht zur Geltung zu bringen.«

Jana schaute Tanja eine halbe Minute konzentriert an, so daß die ganz unruhig wurde. »Ich glaube, ich hab's«, verkündete Jana dann. »Du hast so ein freches Gesicht. Dazu passen deine langen, schweren Haare nicht. Ich nehme etwas von der Länge weg und lockere die Spitzen auf. Dann mache ich dir einen Stufenschnitt, bei dem die kinnlange Ponypartie zu den Seiten bis auf die Schultern fällt. Und um dem ganzen mehr Pep zu verleihen, eine Koloration, Mahagoni würde ich sagen. Wenn ich damit fertig bin, bekommst du ein wenig Make-up, nachdem wir deine Augenbrauen gelichtet haben. Einverstanden?«

»Wenn du meinst.« Tanja schaute nicht sehr glücklich drein.

»Vertrau mir«, sagte Jana lächelnd. Und an Michaela gewandt: »Wenn du noch was vorhast, bitte. Tanja und ich sind jetzt beschäftigt.«

»Wie lange wird es denn dauern?«, wollte Michaela wissen.

»Mindestens zwei Stunden.«

»Na, da kann ich ja in aller Ruhe nach Hause fahren und den Hausputz machen«, sagte Michaela.

Sie fuhr auch nach Hause, aber an Hausputz war nicht zu denken. Sie war innerlich viel zu uneins mit sich selbst, als daß sie sich zu irgend etwas hätte aufraffen können. *Du mußt Tanja sagen, wer du wirklich bist, Michaela! Daß du gezielt ihre Bekanntschaft gesucht hast. Du kannst nicht Tanjas Freundin sein wollen und sie in der grundlegenden Sache belügen. Was kann denn schon passieren?*

Nun ja, Tanja konnte sie wegschicken.

Na und? Dann wäre alles wieder beim Alten und das wäre ja nicht das Schlechteste. Sollte Walter Kanter sich eine andere Dumme suchen!

Ja eben! Da war Michaela wieder an dem Punkt, der ihr schon beim ersten Mal, als sie in diese Richtung dachte, den

Bremsklotz vor die Füße geworfen hatte. Das war ja das Problem. Walter Kanter würde doch den Versuch nicht aufgeben, seine Tochter mittels Außenstehender zu beeinflussen, nur weil sie, Michaela, es tat. Und dieser neue Jemand, wer weiß, wie die- oder derjenige gestrickt war? Tanja war so leicht verletzbar, besonders wenn es um Nähe zu anderen ging. Kein Wunder bei ihrer Vorgeschichte. *Ich kann nicht riskieren, sie allein zu lassen. Sie braucht meine Hilfe.*

Genau, meldete sich eine andere, ziemlich spöttische Stimme in Michaela. *Bleib lieber in Tanjas Nähe. Paß auf sie auf. Wenn dabei am Ende vielleicht für dich auch etwas rausspringt, ist das doch nicht verwerflich.*

Verdammt! fluchte Michaela in sich hinein. Woher kam dieser stichelnde Einwurf schon wieder? Sie hatte keinerlei Hintergedanken mehr. Oder?

Michaela gestand sich ein, daß sie kein eindeutiges Nein auf diese Frage geben konnte.

Zweieinhalb Stunden später stand Michaela wieder bei Jana im Salon – und erkannte Tanja kaum wieder. Nichts erinnerte mehr an das farblose Gesicht eines in der Menge verschwindenden Mädchens, deren empfindsamer Blick nur dem aufmerksamen Beobachter auffiel.

Vor Michaela stand eine ganz andere Tanja. Die Haare fielen ihr in fransigen Stufen spielerisch leicht ums Gesicht. Die tiefblauen Augen stachen ausdrucksstark hervor. Das dezente Make-up ließ Tanja erwachsener erscheinen.

Michaela blieb buchstäblich vor Überraschung die Sprache weg. Ein Ziehen drang durch ihre Brust, berührte ihr Herz.

»Bitte, da hast du sie zurück«, sagte Jana. »Und, zufrieden?«

Michaela schluckte. »Wahnsinn«, rutschte es ihr heraus. »Ähm ... ich meine ...« Sie kam ins Stottern, fühlte, wie sich ihr Gesicht mit Röte überzog. »Wenn das keine Veränderung ist.« Sie sah Tanja immer noch fasziniert an. »Du mußt ein Namensschild tragen, damit deine Umgebung dich wiedererkennt.«

Tanja lächelte verlegen.

Jana nahm Michaelas Worte als Kompliment für sich. »Ich weiß, ich bin gut in meinem Job. Aber das Material war auch nicht schlecht«, meinte sie trocken und lächelte verschmitzt. »Jetzt noch ein paar geile Klamotten, und die Verwandlung ist perfekt.«

Michaela sah auf die Uhr. »Die Geschäfte machen erst in einer Stunde zu, vielleicht finden wir ja noch was.« Sie nickte Tanja aufmunternd zu. »Was sagst du?«

»Wenn du meinst.«

Sie winkten Jana zu, verließen das Geschäft.

»Ist Vanessa deine Freundin?« fragte Tanja, als sie beide auf der Straße standen.

Michaela hatte Janas Indiskretion schon wieder vergessen. Tanjas Frage erinnerte sie daran. War das ein Problem für Tanja? »Ja«, erwiderte Michaela vorsichtig, fügte nichts weiter hinzu. Tanja würde schon fragen, wenn sie mehr wissen wollte. Und richtig.

»Ihr seid zusammen? Ich meine – ein Paar?« fragte Tanja zögerlich.

Michaela nickte. »Ja, sind wir.« Damit war wohl alles geklärt. »Was hältst du von der Boutique da drüben?« Sie wies zur anderen Straßenseite und winkte Tanja mitzukommen. Die bewegte sich jedoch nicht vom Fleck. Michaela hielt notgedrungen inne. »Was ist?«

Tanjas Blick ruhte forschend auf Michaela. »Was sagt Vanessa denn dazu, daß du mit mir herumziehst?« Zögern. »Weiß sie davon?«

»Aber ja. Warum fragst du?«

»Ich frage mich einfach, warum du so nett zu mir bist, warum du das hier alles machst, was du von mir willst.«

Michaela fühlte sich unbehaglich. »Muß man denn immer gleich was vom anderen wollen?«

»Ja, normalerweise ist es so«, sagte Tanja nüchtern.

Erstaunt konstatierte Michaela: Sie ist vielleicht introvertiert, aber nicht weltfremd.

»Jana deutete an, daß Vanessa dich betrügt. Denkst du . . .« Tanja zögerte erneut. »Du . . . willst du sie eifersüchtig machen? Denkst du, das könnte deine Beziehung retten?«

»Nein!« Michaela schüttelte den Kopf. Da hatte Tanja sich ja was Tolles zurechtgelegt. »Wie kommst du denn darauf? Außerdem betrügt Vanessa mich nicht. Meine Beziehung ist in bester Ordnung.«

Tanja schlug die Augen nieder. »Entschuldige, ich wollte nicht persönlich werden.«

Michaela schmunzelte, legte ihren Arm um Tanja, lotste sie so zur Boutique. »Aber du darfst persönlich werden. Das ist völlig in Ordnung. Ich hoffe nur, nun, wo du weißt, wie ich – na ja – zu Frauen stehe, wirst du dich nicht von mir zurückziehen. Ich dachte, ich könnte deine Freundin werden. Ohne Hintergedanken.« Michaela schämte sich ihrer Lüge. Natürlich hatte sie Hintergedanken. Immer noch. Wider besseren Vorsatzes. Nur eben andere, als Tanja vermutete.

»Meine Freundin?«

»Ja, warum nicht? Du bist es nicht gewohnt, eine Freundin zu haben, aber glaub mir, das ist toll.« Michaela ließ Tanja wieder los, zwinkerte ihr zu. »So eine Freundin hilft einem zum Beispiel dabei, Klamotten zu kaufen. Sie sagt dir, ob ein Teil dich kleidet oder entstellt. Also los, laß uns das passende Outfit zu deinem *neuen Ich* finden.«

Sie betraten die Boutique. »Gilt das in beide Richtungen? Darf ich dir auch was aussuchen?« fragte Tanja.

»Wenn du willst. Aber nicht in dem Laden. Ich bin schließlich ein paar Jahre älter als du«, grinste Michaela.

»Wie alt bist du?«

»Sechsunddreißig.«

»Und Vanessa?«

»Zweiunddreißig, warum fragst du?«

»Nur so.«

»Willst du wissen, wie sie ist?«

»Nein.«

»Nein?« wunderte Michaela sich.

»Nein«, wiederholte Tanja. »Nicht nötig. Ich warte, bis ich sie kennenlerne. Sie *muß* nett sein, wenn du sie liebst.«

Michaela dankte Tanja mit einem warmen Blick. Und einem flauen Gefühl im Magen, weil sie Tanja immer noch hinterging. *Vergiß endlich den Kuhhandel mit ihrem Vater!* Doch das war leichter gesagt als getan. Michaela seufzte in sich hinein.

Tanja ging derweil zu den Kleidungsauslagen, stöberte zwischen Blusen und Tops herum. »Wie findest du das Top hier?«

»Zu grau. Mehr Farbe.«

»Hm, und das?« Tanja hielt nun eines in Zitronengelb hoch.

Michaela sah entsetzt auf das Teil. »Um Himmels willen! Soviel Farbe nun auch wieder nicht.« Sie inspizierte die verschiedenen Modelle und reichte Tanja schließlich ein olivfarbenes, ärmelloses Top in schmaler, figurbetonter Paßform und mit goldfarbenem Druck auf der Vorderseite. »Das hier zum Beispiel, und dazu eine leichte Baumwollhose, mit lässiger Beinweite, am besten sandfarben. Das würde dir stehen. Ich gehe und hol' die passende. Du kannst ja schon mal das Oberteil probieren.«

Tanja verschwand in einer der Kabinen. Michaela ging zu den Hosen, fand schnell ein paar ansprechende Modelle, wählte zwei davon aus und ging zu Tanja. »Ich habe die Hosen. Ist doch richtig mit achtunddreißig?«

»Ja, reich rein.«

Michaela nahm den Vorhang ein wenig zur Seite. Sie erwartete Tanja mit neuem Top und alter Hose bekleidet zu sehen. Die stand jedoch in Slip und BH da. Schnell senkte Michaela den Blick, hing die Hosen an den Haken und zog sich zurück.

Zwei Minuten später stand Tanja angezogen vor ihr. »Sieht gar nicht so schlecht aus«, meinte sie.

»Nicht schlecht? Du siehst sexy aus.«

»Sexy?« Tanja schaute unsicher an sich herab. Es war wohl das erste Mal, daß sie dieses Wort in Verbindung mit ihrem Äußeren hörte. Dann lächelte sie Michaela glücklich an. »Danke.« Bevor Michaela es sich versah, fühlte sie Tanjas Arme um sich und ihren warmen Körper, der sich an sie schmiegte. »Allein hätte ich mich das nie getraut«, hörte sie Tanja dankbar sagen.

Michaela löste sich vorsichtig aus der Umarmung. Dieser spontane Dankesbeweis Tanjas war ihr äußerst unangenehm. Sie hatte ihn nicht verdient. Das wußte sie.

Ach was, verteidigte eine trotzige Stimme in Michaela sie vor ihrem schlechten Gewissen: *Tanja blüht auf! Sie geht mit mehr Freude durchs Leben. Wie man sieht! Und das verdankt sie dir!* Doch das Gewissen ließ sich nicht so leicht täuschen. *Willst du damit deine Unentschlossenheit in der Sache rechtfertigen? Ein erbärmlicher Versuch!*

Um ihre Unsicherheit zu überbrücken, rettete sich Michaela in Geschäftigkeit. »Wir suchen gleich noch ein paar mehr Teile aus. Was hältst du davon?«

»Nur, wenn du danach mit zu mir kommst und hilfst, meinen Kleiderschrank zu entrümpeln«, erwiderte Tanja und stürzte Michaela damit ahnungslos in die nächste Krise.

Mit zur Villa Kanter? Was, wenn Walter Kanter ihr dort begegnete? Sie hatte Tanja immer noch nicht gesagt, daß sie in der Firma ihres Vaters arbeitete. Sollte sie Tanja jetzt nicht wenigstens in dieser Sache reinen Wein einschenken? *Und damit riskieren, daß sie unangenehme Fragen stellte? Nein!*

Was mache ich nur? fragte Michaela sich. Einzige Antwort: Hoffen, daß Walter Kanter nicht zu Hause war. Notgedrungen stimmte sie Tanjas Vorschlag zu.

Michaelas Hoffnung erfüllte sich nicht. Ihr BMW war kaum die Auffahrt zur Villa hinaufgefahren, da kam Walter Kanter ihnen bereits entgegen. *Verdammt!* fluchte Michaela innerlich. Tanja stieg aus, ging ihrem Vater entgegen.

»Hallo Tanja. Ich habe schon auf dich gewartet. Ich wollte dir sagen ...« Kanter hielt inne, schaute fasziniert auf seine Tochter. Tanja hatte einen Teil der neuen Sachen gleich anbehalten. »Was ist passiert?« fragte Kanter, deutlich angenehm überrascht.

»Vater, darf ich dir Michaela vorstellen?«, sagte Tanja statt auf seine Frage zu antworten. Es machte ihr sichtlich Spaß, ihren Vater einmal aus der Fassung zu bringen.

Erst jetzt bemerkte Kanter Michaela, die mittlerweile auch aus dem Wagen gestiegen war. Ein kurzes, zufriedenes Lächeln glitt über sein Gesicht. »Guten Tag, Walter Kanter, sehr erfreut«, begrüßte er sie.

Wenn Kanter tat, als kannte er sie nicht, *mußte* sie das Spiel ja mitspielen. »Michaela Dietz«, erwiderte sie.

»Sind Sie dafür verantwortlich?« fragte Kanter Michaela, als wüßte er das nicht ganz genau. Er wandte sich wieder seiner Tochter zu. »Ich bin ja völlig ... du siehst richtig hübsch aus.«

»Michaela meinte, ich solle mal was Neues probieren«, lachte Tanja.

»Und da hast du es einfach getan?« Kanters Verwunderung war echt.

»Ja.« Tanja nickte. »Michaela und ich gehen nach oben zu mir. Ach – was wolltest du mir denn sagen?«

»Morgen vormittag kommt ein Klempner, um nach der Heizungsanlage zu sehen. Könntest du dich um den Mann kümmern? Ich fliege zeitig nach London.«

»Ist gut, mach ich.« Sie winkte Michaela. »Komm mit.« Michaela griff sich den Teil der Einkaufstüten, den Tanja nicht mehr tragen konnte, und folgte ihr ins Haus. Dort blieb sie erst einmal fasziniert stehen.

Sandfarbener Marmorfußboden ließ den ohnehin riesigen Eingangsraum noch größer wirken. An den hohen, weißen Wänden hingen Bilder moderner Kunst. Man fühlte sich wie in einer Galerie. Eine Treppe führte nach oben. Die gingen sie jetzt hinauf.

»Das sündige Stück steht in meinem Schlafzimmer«, verkündete Tanja oben angekommen.

Auf Michaelas fragenden Blick erklärte sie: »Na, mein Kleiderschrank.«

»Ach so, ja klar.« Michaela bemühte sich um Fassung. Natürlich wußte sie, daß Walter Kanter und seine Tochter in einem luxuriösen Haus wohnten. Sie hatte sich nur nie eine klare Vorstellung gemacht, *wie* luxuriös. Wozu auch?

Tanja ging weiter vor. Um sich nicht anmerken zu lassen, wie beeindruckt sie von dieser Umgebung war, versuchte Michaela sich auf andere Dinge zu konzentrieren. Zum Beispiel auf Tanja. Die, wie Michaela ironisch feststellte, die erste Frau war, die sie unumwunden in ihr Schlafzimmer dirigierte, und nicht *das Eine* wollte. Der umgekehrte Fall war ihr vor Vanessa öfter passiert.

Tanja öffnete eine Tür. Michaela betrat hinter ihr das helle, selbstredend große, aber dennoch gemütlich wirkende Zimmer. Sie ließen beide fast synchron die Tüten, die sie in der Hand hatten, fallen. Tanja plumpste aufs Bett. »Ich bin total groggy!«

»Es heißt nicht umsonst: Wer schön sein will, muß leiden«, sagte Michaela ganz in Gedanken versunken. Sie stand mitten im Zimmer und fühlte sich völlig deplaziert. Gleichzeitig quälte sie permanent die Frage, warum sie sich nicht endlich dazu durchringen konnte, den Handel mit Tanjas Vater als null und nichtig zu betrachten.

Wie bestellt kam Michaela der bequeme Gedanke, daß Tanja ja nur Vorteile aus der Geschichte erwuchsen. Gerade genoß sie einen Teil der Verschwörung: ihr neues Aussehen. Der andere Teil, der Besitz einer Hotelkette, war wohl auch zu »verschmerzen«. So gesehen war alles nicht so schlimm, versuchte sie sich zu beruhigen. Solange Tanja nichts von der Absprache mit Kanter erfuhr.

Und sie *wird* es nicht erfahren. Ihr Vater erzählte ihr ganz gewiß nichts und sie, Michaela, – nun das lag ganz bei ihr.

Dennoch verfolgte Michaela die Furcht vor dem Ausdruck in Tanjas Augen, in dem Moment wenn sie – vielleicht durch einen dummen Zufall – die Zusammenhänge mitbekommen würde, den Ausdruck von jemanden, der die Welt nicht mehr verstand.

Nachdem sie mit Tanja deren Kleiderschrank ausgemistet hatte, verabschiedete sich Michaela eilig von ihr. Die ganze Heimfahrt über fluchte sie in sich hinein. Was aber auch nicht half, einen endgültigen Entschluß zu fassen. Egal welchen – nur eben endgültig.

Vanessa begrüßte Michaela mit den Worten: »Na? Kann ich schon mal unsere Koffer packen?«

»So witzig ist das nicht«, fuhr sie Vanessa an. Die legte die Stirn in Falten. Michaela versuchte ihren Anfall von schlechter Laune zu erklären. »Tanja fängt an mir zu vertrauen. Wer weiß, vielleicht werden wir wirklich Freundinnen. Und dann – dann soll ich sie in die Pfanne hauen. Was glaubst du, wie ich mich dabei fühle?«

»Ach so, ich dachte schon, du machst dir Sorgen um diese Tanja.«

Das kommt noch dazu, dachte Michaela, hielt sich aber zurück, Vanessa auch davon zu erzählen. Warum sie es verschwieg, wußte Michaela nicht so recht. Sie hatte wohl keine Lust auf Vanessas spitze Bemerkungen, wenn sie zeigte, wie sehr Tanja ihr am Herzen lag.

»Sieh es mal so«, sagte Vanessa. »Eigentlich ist die kleine Verschwörung, die ihr Vater angezettelt und in der er dich zur Handlangerin gemacht hat, keine Verschwörung. Ihr helft der Kleinen nur ein wenig auf die Sprünge. Wie es so schön heißt: Wo kein Ankläger, da kein Angeklagter. Du brauchst dich also nicht mies zu fühlen.«

Michaela seufzte. Ja, so ähnlich hatte sie sich ihren unrühmlichen Rückfall zu den noch unrühmlicheren Hintergedanken bereits selbst schöngeredet. Allerdings ohne wirklichen Erfolg.

Nein, wenn sie sich besser, oder wenigstens weniger schlecht fühlen wollte, mußte sie die Dinge anders angehen. Und sie hatte auch bereits eine Idee.

Bisher war sie, Michaela, die treibende Kraft der Annäherung zwischen ihr und Tanja gewesen. Sie hatte die Gespräche in die Richtung getrieben, die ihr von Nutzen waren, hatte Tanja geschickt dahin manipuliert, wo sie sie hinhaben wollte. Das würde jetzt aufhören. Sie würde Tanja weder anrufen noch sie besuchen.

Wenn Tanja sich bei ihr meldete war es gut, dann konnten sie sich treffen, etwas zusammen unternehmen, je nachdem, was *Tanja* vorschlug. Rief sie nicht an, geschah auch nichts.

Auf die Art würde ihre Beziehung früher oder später sicher wieder einschlafen. Walter Kanter gegenüber würde sie behaupten, Tanjas anfängliche Begeisterung wäre nur ein Strohfeuer gewesen. Der Altersunterschied sei zu groß, sie hätten keine gemeinsamen Interessen, es fehle ihnen die Basis für eine Freundschaft. Der Plan sei leider gescheitert.

Es gab dann keinen Grund für Kanter, ihrer Karriere Steine in den Weg zu legen.

Vanessa mußte eben etwas länger warten mit dem faulen Leben in der Sonne des Südens. Und natürlich mußte Michaela in der verbleibenden Zeit dafür sorgen, daß Tanja vor einer eventuellen Wiederholung des *Freundinnenversuches* seitens ihres Vaters sicher war.

Sie würde Tanja Wachsamkeit lehren. Michaela lächelte in sich hinein. Sie fühlte sich jetzt viel besser.

Später am Abend klingelte Michaelas Handy.

Sie hörte Walter Kanters wohlwollende Stimme. »Guten

Abend, Frau Dietz. Ich wollte Ihnen nur sagen, wie zufrieden ich mit Ihnen bin. Tanja ist wie ausgewechselt. Sie lacht. Weil sie sich endlich selbst gefällt und weil sie eine Freundin hat. Weiter so.«

Ehe Michaela etwas erwidern konnte, war die Verbindung bereits unterbrochen.

Ja, weiter so. Das hättest du gern, dachte Michaela grimmig.

5.

Michaela arbeitete zu Hause am Computer. Sie war heute nicht ins Büro gefahren, weil dort die Maler waren, sie aber Ruhe brauchte, um einen Bericht zu schreiben. Vanessa würde nicht vor sechs zu Hause sein. Es war Monatsende, da gab es in der Bank immer mehr zu tun.

Verwundert blickte Michaela auf, als es an der Tür klingelte. Wer konnte das sein so früh am Nachmittag? Sie ging zur Tür, öffnete.

Tanja stand vor ihr. Mit Blumen in der Hand. »Du hast dich gar nicht mehr gemeldet, da dachte ich . . . habe ich was falsch gemacht?«

Michaela stand wie versteinert. »Ich . . . ich hatte viel zu tun, . . . die Arbeit . . . ein neues Projekt«, stotterte sie.

»Ach so.« Tanja wirkte erleichtert.

Michaela versuchte sich ihre Überraschung nicht anmerken zu lassen. Sie hatte sich an ihr Vorhaben gehalten und nichts unternommen Tanja wiederzusehen oder sonstwie Kontakt zu ihr aufgenommen. Und entweder war Tanja zu schüchtern sie anzurufen oder zu sehr mit ihrem neuen Ich beschäftigt. Jedenfalls hatte Michaela drei Tage nichts von ihr gehört. Das ließ sie die Hoffnung hegen, diese unleidliche Geschichte schneller als erwartet hinter sich gebracht zu haben.

Manchmal, den einen oder anderen kurzen Augenblick, hatte sie Tanjas Schweigen auch bedauert. Sie vermißte ein wenig den aufmerksamen Ausdruck ihrer Augen, das schüchterne Lächeln. Aber das war immer nur ganz kurz, und darauf folgte jedesmal die Erleichterung, daß sie endlich wieder ihrem Spiegelbild in die Augen sehen konnte.

Und nun stand Tanja vor ihr.

»Wie, woher weißt du . . .«

»Wo du wohnst?« Tanja senkte verlegen den Blick. »Ich habe bei deiner Versicherung angerufen.«

»Wäre es nicht leichter gewesen, mich anzurufen?«

»Ich wußte nicht, ob du mich sehen willst.«

»Verstehe. Deshalb hast du beschlossen, mich einfach zu überfallen.« Michaela konnte sich ein Grinsen nicht verkneifen. »Sehr logisch.«

Tanja stand immer noch unentschlossen vor der Tür.

Michaela nahm ihr die Blumen ab. »Na, komm schon rein.«

Michaela fiel auf, daß Tanjas neue Frisur immer noch gut saß. Was darauf schließen ließ, daß sie die in Form hielt. Auch ihr T-Shirt und die Hose waren geschmackvoll aufeinander abgestimmt – und enganliegend. Sie betonten Tanjas schlanken Körper.

»Ich stelle fest, es macht dir Spaß, gut auszusehen«, kommentierte Michaela ihre Beobachtung. Insgeheim mußte sie sogar zugeben, daß Tanja bereits absolut sicher in ihrem neuen Outfit wirkte, gerade so, als hätte sie nie anders ausgesehen. Michaela schien auch Tanjas krankes Bein weniger auffällig. *Wahrscheinlich, weil deine Augen mehr an den zu ihren Brüsten gehörenden Wölbungen kleben.* Mit Gewalt riß sie sich von dem Anblick los. »Möchtest du eine Tasse Kaffee?«

»Ja, gern.«

Michaela legte die Blumen erst einmal beiseite. Sie bereitete die Kaffeemaschine vor und schaltete sie an. Anschließend suchte sie eine Vase für die Blumen.

Tanja stand immer noch abwartend hinter ihr.

»Setz dich doch«, forderte Michaela sie auf.

Tanja tat es, sie setzte sich an den Küchentisch.

Michaela fand eine Vase, füllte sie mit Wasser, setzte die Blumen hinein. »Womit habe ich die eigentlich verdient?« fragte sie und stellte den bunten Strauß auf den Tisch.

Tanja lächelte. »Ich wollte mich irgendwie bei dir bedanken. Mir fiel nichts Besseres ein.«

»Du brauchst dich nicht zu bedanken. Ich habe nichts weiter getan, als dir einen Rat zu geben. Früher oder später wärst du schon selbst dahinter gekommen.«

»Ich glaube, eher später, falls überhaupt.«

Michaela setzte sich Tanja gegenüber, wechselte das Thema. »Was ist eigentlich mit deinem Auto?« fragte sie.

»Bekomme ich morgen wieder.«

»Schön. Hoffentlich sieht man keinen Unterschied im Lack vom neu lackierten Kotflügel zum Rest.«

»Wäre mir auch egal. Ich danke dem Zufall für unseren Zusammenstoß.«

Michaela lächelte gezwungen. *Zufall, ja, wenn es mal so wäre!* Dann könnte sie es genießen, Tanja näher kennenzulernen. So war es etwas kompliziert.

»Du bist der erste Mensch, der sich Zeit für mich genommen hat, ohne etwas dafür zu wollen«, sagte Tanja leise.

Michaela hielt das nicht mehr aus. Sie konnte Tanja jetzt unmöglich in die Augen sehen, also stand sie auf und ging zur Kaffeemaschine, die im passenden Moment zu röcheln begann. Sie nahm zwei Tassen aus dem Schrank, goß ein, stellte Tanja eine der Tassen hin, behielt die zweite in der Hand, lehnte sich, in sicherem Abstand, an die Arbeitsplatte der Küchenzeile. So würde Tanja hoffentlich ihre Unruhe nicht bemerken.

Tanja fuhr fort. »Jemanden wie dich zur Freundin zu haben, habe ich mir immer gewünscht. Ich mag dich richtig gern.« Es klang kindlich glücklich, wie Tanja die Worte aussprach. Und es bestand kein Zweifel, daß sie es absolut nicht sexuell meinte. Sie wählte ihre Worte, wie sie ihr einfielen, von Herzen, ohne sich Gedanken über mögliche Interpretationen zu machen. »Und du? Magst du mich auch?«

Das war jetzt wirklich zuviel für Michaela. Was sollte sie darauf sagen?

Ihr fehlte Tanjas Arglosigkeit, um einfach mit ja antworten zu können. Überhaupt: Tanja sollte mit ihren fünfundzwanzig Jahren solche Frage nicht an Leute richten, die sie eigentlich kaum kannte. Wußte sie nicht, daß sie damit Verlegenheit erzeugte?

Vielleicht ist dir die Frage aber nur deshalb so unangenehm, weil sie dir zeigt, daß es für deine neue Strategie bereits zu spät ist.

Die Hoffnung, ihre Beziehung zu Tanja würde von selbst einschlafen, konnte sie jedenfalls begraben. Tanjas Besuch, und vor allem ihr offenes Geständnis, ließen keinen Zweifel aufkommen: Sie betrachtete Michaela als ihre Freundin, einer, der sie ohne Umschweife ihr Herz ausschüttete.

Gratuliere, Michaela! Du bist genau da, wo du ursprünglich hinwolltest. Nun sieh zu, wie du den Geist, den du riefst, wieder loswirst.

Am einfachsten wäre es gewesen, Tanja die Wahrheit zu sagen. Daß Michaela eine Abmachung mit Tanjas Vater hatte. Daß ihre Bekanntschaft kein Zufall war. Daß sie sich mit Tanja in seinem Auftrag angefreundet hatte. Daß sie sich selbst dafür verachtete und am liebsten alles ungeschehen machen würde.

All das müßte sie nur sagen, und es war vorbei – doch Michaela konnte es nicht. Sie konnte nicht in Tanjas enttäuschtes Gesicht sehen, das ein solches Geständnis unweigerlich mit sich bringen würde.

Ein Gedanke huschte durch Michaelas Kopf: Aber wenn Tanja noch andere Freunde und Freundinnen hätte, dann würde der Verlust der einen doch nicht mehr so sehr ins Gewicht fallen. Sie müßte nur ein paar neue Leute kennenlernen. Dann ergab sich der Rest ganz von selbst. So, wie Tanja jetzt aussah, würde sie nicht mehr von allen übersehen werden. Im Gegenteil.

»Ich habe eine Idee«, sagte Michaela aus ihrem Gedanken heraus. »Hast du heute abend schon etwas vor?«

Tanja schüttelte irritiert den Kopf. Sie hatte auf ihre Frage eine andere Reaktion erwartet. »Nein«, antwortete sie.

»Jetzt schon. Mach dich hübsch. Ich hol' dich um zehn ab.«

Als das Taxi vor der Disco hielt und Tanja klarwurde, daß Michaela mit ihr da hineinwollte, sträubte sie sich zunächst. »Ich kann das nicht. Mit meinem Bein.«

Michaela war schon ausgestiegen, nun beugte sie sich hinunter zur offenen Tür des Taxis. »Quatsch. Natürlich kannst du.«

»Wie soll das denn gehen?«

»Wirst du schon sehen, komm steig aus.«

Während Tanja widerwillig aus dem Taxi krabbelte, lief Michaela schnell um den Wagen herum und nahm Tanja in Empfang. Sie hakte sich bei ihr ein. »Also dann, auf geht's.«

Michaela hatte die frühe Zeit bewußt gewählt. So früh, es war jetzt halb elf, war an einem Freitagabend noch kein großer Andrang in der Discothek. Das gab Tanja die Möglichkeit, sich erst einmal umzuschauen und sich langsam zu akklimatisieren.

Sie suchten sich einen der freien Tische aus. Es kam auch gleich eine Bedienung, die fragte, was sie trinken wollten. Michaela bestellte zwei Bacardi Cola, damit Tanja nicht auf die Idee kam, sich an Orangensaft festzuhalten. Der Bacardi ließ sie hoffentlich etwas unverkrampfter werden.

»Du siehst aus, als ob dir jemand etwas Böses wollte. Entspann dich«, sagte Michaela. »Wir sind hier, um Spaß zu haben.«

»Spaß?« fragte Tanja skeptisch. »Was meinst du damit?

»Neue Leute kennenlernen, sich unterhalten«, half Michaela Tanja auf die Sprünge.

»Worüber unterhält man sich mit Fremden?« fragte Tanja hilflos.

»Man fragt, wer der andere ist, was er so macht . . .«

». . . ob er Single ist«, beendete Tanja Michaelas Satz. »Du willst mich verkuppeln!«

»Blödsinn.« Michaela grinste. »Es sei denn, es ergibt sich zufällig was.«

Die Discothek füllte sich langsam. Und bald gesellte

man(n) sich zu ihnen. Wenn sich der Smalltalk manchmal auch zäh dahinschleppte, die Aufforderung zum Tanz folgte, mehr oder weniger originell, immer.

Während Michaela, um Tanja Mut zu machen, öfter mit auf die Tanzfläche ging, schüttelte Tanja auf die Frage »Tanzt du?« immer nur den Kopf.

Michaela sah sich das eine Weile an, dann entschied sie, etwas zu unternehmen, damit Tanja ihre Scheu überwand. Als der DJ eine langsamere Musik spielte, nahm sie Tanja einfach bei der Hand und führte sie zur Tanzfläche. Dort zog sie Tanja in den Arm, und sie wiegten sich langsam im Takt der Musik.

Michaela spürte Tanjas versteiften Körper. Sie fühlte sich unwohl, schaute sich unsicher um.

»Geht doch gut. Entspann dich endlich«, sagte Michaela.

Tanja seufzte. In ihren Augen las Michaela die Angst, jemand würde ihre unbeholfenen, steifen Bewegungen bemerken. Mit ihrem kranken Bein war Tanja natürlich eingeschränkt. Michaela hatte bewußt auf einen langsamen Titel gewartet, um sie auf die Tanzfläche zu führen. So war es leichter für Tanja, einen Stil zu finden, bei dem ihr Handicap nicht auffiel. Sie mußte nur ihre Angst vergessen.

Michaela strich sanft über Tanjas Rücken. Und wirklich, ihr Körper verlor etwas von der Anspannung. Nach einer Weile sagte Tanja: »Ich glaube, wir werden angegafft.«

»Das bildest du dir ein«, beruhigte Michaela sie. »Du machst das gut. Nicht mal ich kann merken, daß mit deinem Bein etwas nicht in Ordnung ist.«

Tanja schüttelte den Kopf. »Das meine ich nicht.«

Michaela sah sie fragend an, dann schaute sie sich unauffällig um. Und wirklich, einige Augenpaare warfen ihnen neugierige Blicke zu.

»Ups«, kicherte Michaela. Natürlich, sie waren ja nicht in den Lokalitäten, die Michaela sonst aufzusuchen pflegte. »Sorry, komm, wir gehen. Schließlich wollen wir ja die potentiellen Verehrer nicht abschrecken.«

»Nein, warte«, hielt Tanja Michaela überraschenderweise zurück. »Ist doch egal.« Ihr Körper schmiegte sich eng an Michaelas. »Ich mag es.«

Was? So plötzlich? fuhr es Michaela durch den Kopf. Trotzdem führte sie Tanja nach dem Titel von der Tanzfläche weg. Sie wollte deren Chance auf eine Eroberung nicht mindern.

Und irgendwie fühlte sie sich auch – erregt. Das war eindeutig auf den engen Körperkontakt zurückzuführen. Da machte Michaela sich nichts vor. Und wenn der erste Grund allein nicht schon ausreichend gewesen wäre, das Tanzen mit Tanja zu beenden, so war dieser Grund ein Muß.

Glücklicherweise kam sofort ein junger Mann, der Michaela ablöste.

»Tanzt du?« fragte er Tanja, und nach einem ängstlichen Blick zu Michaela, den sie mit einem Nicken beantwortete, ließ Tanja sich mitführen.

Das gab Michaela Zeit, sich zu fragen, was eben mit ihr los gewesen war. Abgesehen davon, daß sie mit Vanessa zusammen war – *wenn* ihre Hormone schon bei der Berührung einer anderen Frau verrückt spielten, dann nicht ausgerechnet bei Tanja. Das war das Letzte, was sie gebrauchen konnte.

Michaelas Augen glitten zur Tanzfläche, erspähten Tanja und ihren Tanzpartner. Sie unterhielten sich. Da die Musik sehr laut war, mußte Tanja, jedesmal wenn sie etwas zu dem jungen Mann sagen wollte, ihr Gesicht dicht neben seines schieben und er umgekehrt ebenso. Dabei berührte Tanjas Hand seinen Arm, oder er legte ihr seine Hand auf die Schulter. Es sah sehr vertraut aus. Und obwohl Michaela wußte, daß dies nur ein äußerer Anschein war, weil sich beide ja eben erst kennengelernt hatten, fühlte sie sich – merkwürdig unbehaglich. Jetzt blickte Tanja in Michaelas Richtung. Für eine Sekunde trafen sich ihre Augen.

Nach dem Titel gingen der junge Mann und Tanja zu einer der Bars. War Tanja eigentlich Alkohol gewohnt? fragte Michaela sich. Oder sollte sie besser einschreiten? Aber wer war sie denn? Tanjas Babysitter?

Michaela schüttelte über sich selbst den Kopf. Was war nur los mit ihr? Sie waren doch hier, damit Tanja neue Freunde kennenlernte oder sogar ein romantisches Abenteuer erlebte. *Nun laß sie auch!* –

Zwanzig Minuten später stand Tanja wieder neben Michaela. »Süßer Junge«, sagte sie.

Michaela schluckte den Kloß hinunter, der sich in ihrem Hals festsetzen wollte. »Und warum bist du dann nicht bei ihm?«

Tanja schaute Michaela eindringlich an. »Du hast es ja sehr eilig, mich loszuwerden.«

Im Gegenteil, dachte Michaela verzweifelt. In ihrem Bauch verkrampfte sich etwas bei dem Gedanken, Tanja irgendeinem unbekannten Mann überlassen zu müssen. Die Vorstellung hinterließ ein ganz schwummeriges Gefühl.

Doch Babysitter Michaela? Oder woher kommt dieser plötzliche Festhaltezwang?

Entgegen ihrem Gefühl sagte Michaela: »Ich wollte dir lediglich zeigen, was du mit deinem neuen Outfit erreichen kannst, daß du keinen Grund mehr hast, dich zu verstecken. Du bist jung, sehr hübsch und eine Frau, die von Männern beachtet wird.«

»Was ist mit dir?«

»Tanja. Du weißt doch, daß mir die Beachtung von Männern egal ist«, erinnerte Michaela sie.

»Nein, das meine ich nicht.« Tanjas Augen forschten in Michaelas Gesicht. »Ich meine, was ist mit dir? Beachtest du mich?«

Michaela spürte, wie der Kloß in ihrem Hals zurückkam, wie sie rot wurde. Gott sei Dank konnte Tanja das bei der Beleuchtung unmöglich sehen. »Was ist das für eine Frage?« Nervosität breitete sich in Michaela aus. Hatte Tanja etwa bemerkt, wie angespannt sie war?

»Tanzt du noch mal mit mir?« fragte Tanja jetzt.

Eine heikle Frage. Wenn sie ablehnte, sah Tanja sich vielleicht darin bestätigt, daß sie sie loswerden wollte. Und die Musik war wieder schneller, eigentlich konnte nichts passieren. »Aber ja, wenn du willst.«

»Ich will.«

Auf der Tanzfläche wollte Tanja Michaela erneut umarmen, doch die schob sie vorsichtig weg. »Das ist ein schneller Titel. Da tanzt man nicht so eng.«

Tanja wiegte ihren Körper zur Musik. Ihre Bewegungen waren sehr anmutig. Sie bewegte hauptsächlich ihren Oberkörper und die Arme. Tanjas Augen lächelten Michaela an. Nach dem Titel schlug sie vor: »Komm, wir nehmen einen Drink an der Bar.«

Michaela bemerkte deutlich die Änderung in Tanjas Verhalten. Ihre zurückhaltende Scheu war verflogen. Michaela fiel auf, daß Tanja in den letzten Minuten die Führung übernommen hatte und sie ihr einfach folgte. Auf die Tanzfläche, zur Bar.

»Was möchtest du?« fragte Tanja.

»Bacardi Limón Cola.«

»Zwei Bacardi Limón Cola«, bestellte Tanja aufgekratzt.

»Du bist wie ausgewechselt«, stellte Michaela fest. »Was ist los mit dir?« Machte der Alkohol Tanja übermütig? Dann war es vielleicht keine gute Idee, noch einen Drink zu nehmen.

»Ich amüsiere mich. Wolltest du das nicht?«

»Ja, aber . . .«

». . . aber ich sollte mich lieber an diesen netten Jungen halten. Statt dessen hänge ich hier mit dir herum. Andererseits, was könnte der schon mit mir tun, was du nicht könntest.« Tanjas Augen leuchteten herausfordernd.

Michaela sah sie ungläubig an. Von Tanjas ängstlicher Schüchternheit fehlte jede Spur. Anscheinend vereinte sie zwei völlig gegensätzliche Charaktere in sich, zwischen denen sie hin- und herwechselte. Oder war es nur der Alkohol, der sowohl ihre Beobachtungsgabe als auch ihre Angriffslust verschärfte?

»Ich habe bemerkt, wie du uns beobachtet hast.« Tanjas Blick bohrte sich förmlich in Michaela hinein. »Wie ein Experiment. Aber du hattest dabei so einen seltsamen Ausdruck in den Augen. Ein wenig Sorge und ... Sehnsucht? Ich weiß nicht, was ich davon halten soll.«

Michaela biß sich auf die Lippe. Das war ihr nicht bewußt gewesen. »Du ... du mußt dich täuschen. Ich bin wirklich nicht auf was mit dir aus, falls du das vermutest. Ich bin mit Vanessa zusammen, das weißt du.«

»Also, es macht dir nichts aus, wenn ich mit Christian gehe?«

»Aber nein.« *Und selbst wenn, sollte es* dir *egal sein.*

»Gut.« Tanja küßte Michaela auf die Wange, winkte ihr zu und verschwand.

Michaela schaute ihr perplex nach. *Du hast Tanja falsch eingeschätzt. Sie ist kein kleines, naives Mädchen, nur weil sie in der Lage ist, sich noch ehrlich zu freuen. Tanja hat dich eben deutlich provoziert. Hättest du ja gesagt, wäre sie mit* dir *gegangen. Falls es dir entgangen ist: Tanja ist eine Frau!*

Eine, die ihr neues Leben offenbar genießen wollte. Und bereit war, alles einmal auszuprobieren.

Michaela nippte an ihrem Bacardi Limón Cola, während sie versuchte, Tanja im Auge zu behalten. Ihr kamen Zweifel, ob es tatsächlich so eine gute Idee war, Tanja hier herzubringen. Sie schien es im Moment ja sehr zu genießen, aber was war später? Was, wenn dieser Christian, an den sie da geraten war, so ein Trophäensammler war? Tanja hatte ja keine Erfahrung darin, die Spreu vom Weizen zu trennen. Der Typ konnte sie mit charmanten Worten einlullen und dann ...? *Wenn Tanja irgend etwas passiert, ist das deine Schuld!* Und heutzutage passierte eine Menge.

Nun hör aber auf! Tanja ist erwachsen. Irgendwann muß sie ihre

Erfahrungen ja machen. Deine Besorgnis ist doch nur ein Vorwand, um deinen Schützling von Christian wegzuholen. Das wirst du aber schön bleiben lassen! Die beiden gaben ein schönes Paar ab, und dieser Christian wirkte ganz okay. *Eigentlich kannst du jetzt verschwinden, du hast deine Aufgabe erfüllt.*

Aber dazu konnte Michaela sich nicht durchringen. Im Gegenteil. Sie beobachtete die beiden mit zusammengekniffenen Augen. Und als Tanja und Christian eine halbe Stunde später zum Ausgang gingen, stürzte Michaela ohne zu überlegen hinterher, so schnell es die Menschenmenge nur zuließ.

»Tanja!« rief sie, als sie sich endlich bis auf wenige Meter an sie herangekämpft hatte.

Tanja drehte sich um, sah Michaela an. Die stand da, zerzaust und unglücklich. Tanja wandte sich an Christian, sprach ein paar Worte mit ihm. Der nickte und mischte sich wieder unter die Menge. Tanja wartete, bis Michaela bei ihr war. Sie erwartete offenbar keine Erklärung von Michaela, gab auch keine ab. »Komm«, sagte sie nur.

Das Taxi fuhr sie zur Villa Kanter. Sie schwiegen während der Fahrt.

In Michaelas Kopf schwirrten die Gedanken durcheinander. Was war passiert?

Nichts. Du hast dich nur benommen wie eine eifersüchtige Idiotin! Was dachte Tanja jetzt von ihr? Nun, das zu erraten war nicht schwer. Für Tanja mußte es so aussehen, als hätte sie, Michaela, 'ne Schraube locker. Erst schleppte sie Tanja in diese Disco, um, wie die ganz richtig erkannte, sie zu verkuppeln. Als Tanja dann endlich verkuppelt war, warf sie sich dazwischen. *Wie willst du ihr das erklären?* Wie erklärst *du dir* das?

Das Taxi hielt. Tanja lächelte Michaela an. »Willst du noch einen Kaffee?«

Eigentlich wollte Michaela lieber heim, aber ihr war klar, das sie nicht ablehnen konnte und der Abend endete, ohne daß sie eine Erklärung für ihr merkwürdiges Verhalten abgeben konnte. »Gern«, sagte sie deshalb.

Tanja ging die Treppe hoch, in ihr Schlafzimmer, wo sie ihre verschwitzten und nach Rauch stinkenden Klamotten auszog.

Michaela, die ihr in der Annahme gefolgt war, Tanja würde nur ihre Tasche ablegen, schaute Tanja verwirrt zu – und dann verlegen zur Seite.

Tanja wickelte sich in einen Kimono und ging ins benachbarte Bad. Michaela hörte das Rauschen der Dusche. Fünf Minuten später stand Tanja wieder vor ihr, mit nassem Haar und in den Kimono gehüllt. »Wenn du auch willst?«

»Nein, ich ... ich dusche zu Hause. Ich wollte bloß ...«, stotterte Michaela.

»Zu Hause? Aber ich dachte, du schläfst hier«, sagte Tanja.

»Wieso ...? Nein ...« Michaela schluckte.

Tanja schaute sie verwundert an. »Aber du wolltest doch nicht, daß ich mit Christian gehe. Ich nahm an ... du hättest es dir anders überlegt. Daß du doch mit mir schlafen willst.«

Michaela hörte fassungslos, was Tanja sagte. Wie kam sie nur darauf?

Und vor allem, wie konnte sie so pragmatisch an die Sache herangehen? Sie behandelte das Ganze wie eine Gleichung mit zwei Unbekannten.

»Und da hast du mir den Vorzug gegenüber Christian gegeben? Ich fühle mich geschmeichelt. Aber es geht hier nicht darum, mir oder sonstwem einen Gefallen zu tun.«

»Ich weiß.«

»Und du mußt es nicht übers Knie brechen und gleich bei der ersten Gelegenheit ... ich meine, du hast doch Zeit. Hat dir Christian denn nicht seine Telefonnummer gegeben?«

»Doch.«

»Na also«, sagte Michaela. Das leichte Ziehen in der Magengegend ignorierte sie.

»Hast du mich deshalb zurückgerufen? Weil ich zu schnell

an die Sache rangegangen bin? Hattest du Angst um mich?«

»Natürlich. Wir wissen doch gar nicht, wer dieser Junge ist. Aber wenn du willst, finden wir es heraus.«

»Dann habe ich deine Blicke aber deutlich mißverstanden«, meinte Tanja unglücklich. »Ich dachte wirklich, du ... Entschuldige, daß ich dich so in Verlegenheit gebracht habe. Ich wollte dir zeigen, daß ich, na ja, aufgeklärt bin. In Wirklichkeit habe ich nur auf den Putz gehauen. Ich meine, natürlich bin ich aufgeklärt, aber ...«

»Schon gut«, unterbrach Michaela sie. »Im Endeffekt ist es ja gut so. Ist dieser Christian ein Arschloch, hat es dir viel Kummer erspart. Taugt er was, wartet er auf deinen Anruf.« Michaela zwinkerte Tanja zu. »So oder so. Du hast alles richtig gemacht. Ich hatte zwischendurch nur die Befürchtung, ich hätte ein Monster geschaffen.«

Jetzt lachten sie beide. Tanja umarmte Michaela. »Ich liebe dich.«

Michaela hielt Tanja fest, streichelte sanft ihren Rücken. »Nein Tanja, wir sind Freundinnen. Liebe ist etwas anderes.« Dennoch durchströmte wohlige Wärme Michaelas Herz.

»Wie ist es, wenn man liebt?« hörte sie Tanja zaghaft fragen.

»Darauf gibt es keine generelle Antwort.«

»Wie antwortest du darauf? Du liebst doch Vanessa. Wie ist das?«

»Es hat viel mit Vertrauen zu tun, Toleranz, und daß man den anderen mag natürlich.«

»Also liebe ich dich«, meinte Tanja schlicht.

»Dann hat es auch was mit Sex zu tun«, ergänzte Michaela.

»Das wäre kein Problem für mich«, sagte Tanja prompt. Fügte dann aber doch hinzu: »Glaube ich.«

Michaela grinste. »*Kein Problem* ist nicht genug. Du mußt dich danach sehnen.«

»Oh. Nun, dann liebe ich dich ohne Sex.«

Michaela lachte, löste sich aus Tanjas Umarmung. »Damit kann ich leben.«

Tanja gähnte. »Ich bin müde.«

»Ich auch. Ich rufe mir ein Taxi«

»Aber du kannst wirklich hier schlafen. Mein Bett ist breit genug.«

Michaela zweifelte, daß das eine so gute Idee war. Obwohl eine Menge Irrtümer, die im Laufe des Abends entstanden waren, aufgeklärt waren, war eine Sache vom Irrtum ausgeschlossen: Tanjas Berührung, während sie miteinander tanzten, war Michaela unter die Haut gegangen. Was sollte das erst werden, wenn sie neben Tanja im Bett lag? –

Eine Viertelstunde später bekam Michaela die Frage beantwortet. Tanja drehte sich mit dem Gesicht zu ihr, lächelte sie müde an. »So jemanden wie dich habe ich noch nie gekannt. Du bist eine echte Freundin.« Sie schlang ihren Arm um Michaela und kuschelte sich an sie. »Gute Nacht«.

Obwohl Michaela sehr müde war, dauerte es lange, bis sie einschlief.

6.

Michaela wachte auf, sah Tanja neben sich liegen und erkannte glasklar: Die Sache entwickelte sich völlig verkehrt. Und zwar egal, wie sie es anging.

Tanja faßte mehr und mehr Vertrauen zu ihr, was gut war, aber bedenkliche Situationen schaffte, wie die gestern abend. Hätte Tanja wirklich mit ihr geschlafen, wenn sie dem nicht einen Riegel vorgeschoben hätte? Um anschließend – was? Es als Erfahrung abzuhaken? Ihr eine Liebeserklärung zu machen? Ha! Dazu brauchte Tanja nicht mit ihr schlafen. Sie hatte es auch so getan.

Natürlich wußte sie nicht, was sie da sagte. Meinte es nicht so – und dennoch. Das alles machte für Michaela das Zusammensein mit Tanja sehr anstrengend. Zumal da auch noch diese verwirrenden Gefühle waren, die sie für Tanja empfand. Woher kamen die auf einmal? Was bedeuteten sie? Warum hatte sie die überhaupt?

Sie war doch glücklich mit Vanessa. Also – so glücklich, wie man eben nach dem Abklingen der großen Leidenschaft sein konnte. Wobei das Abklingen mehr auf Seiten Vanessas lag. Wenn es nach Michaela gegangen wäre, wäre sie gern öfter mit ihrer Geliebten intim beisammen gewesen.

Der Gedanke an Vanessa ließ Michaela ein weiteres Problem erkennen. Vanessa würde fragen, wo sie die Nacht verbracht hatte. Was sollte sie ihr sagen? Im Bett mit Tanja? Nein, nein. Im Bett *neben* Tanja, wenn überhaupt.

Michaela seufzte. Nein, das war keine gute Idee. Sie würde sich etwas Unverfängliches ausdenken. Sie stellte sich vor, was sie selbst denken würde, wenn Vanessa mit so einer Geschichte kam. Bei aller Toleranz, so weit zog selbst Vanessa den Rahmen der Freiheit nicht.

Michaelas Sorge erwies sich als unbegründet. Als sie nach Hause kam und vorsichtig die Tür zum Schlafzimmer öffnete, um zu sehen, ob Vanessa noch schlief, sah sie nur ein leeres Bett. Ein leeres, unberührtes Bett. Auch Vanessa hatte die Nacht nicht zu Hause verbracht. Auf welcher Party war sie gewesen? Normalerweise kam Vanessa in den frühen Morgenstunden nach Hause.

Michaelas Verwunderung wich der Erleichterung, daß sie so Vanessa wenigstens nicht Rede und Antwort stehen mußte, daß sie selbst nicht nach Hause gekommen war.

Da Michaela Tanjas Einladung zum Frühstück ausgeschlagen hatte, toastete sie sich schnell eine Scheibe Weißbrot, beschmierte sie mit Butter und Marmelade und biß voller Appetit hinein. Erst danach machte sie Kaffee und wartete mit der zweiten und dritten Scheibe, bis der fertig war.

Gegen Mittag kam Vanessa nach Hause. Offensichtlich in Erwartung eines Vorwurfes erklärte sie: »Tut mir leid. Ich habe einen Filmriß. Was immer du mich nach gestern abend fragst, ich weiß es nicht.« Sie zuckte mit den Schultern und verschwand im Bad.

Michaela sah ihr konsterniert nach. Na toll. Vanessa war heute vormittag bei einer ihrer zahlreichen Freundinnen aufgewacht, hatte sich nach Hause geschleppt und wollte nun ihren Rausch ausschlafen. Toller Samstag.

Da hätte sie ja gleich bei Tanja bleiben können. Die freute sich wenigstens über ihre Gesellschaft. Während sie Vanessa wohl eher nebensächlich war.

Ach komm, Michaela, wenn du einen Kater hast, bist du auch nicht sehr umgänglich. Sei nicht ungerecht.

Ja gut, das stimmte schon. Aber im Grunde war es ja nicht der heutige Samstag, der sie störte. Sondern daß der eine Folge dessen war, wie Vanessa den gestrigen Abend verbracht hatte. Mit ihren Freundinnen, wie gehabt.

Gut, dieses eine Mal war Michaela nun auch zufällig verabredet gewesen. Aber wie war es denn sonst? Da saß sie meistens allein zu Hause. Selbst schuld, sagte Vanessa. Michaela könne ja auch mit ihren Freundinnen ausgehen. Das Argument, daß sie mit ihr, Vanessa, ausgehen wollte, nervte die nur. Vanessa hob dann für gewöhnlich die Augenbraue und erläuterte ihre Freiheitstheorie.

Hatten sie sich entfremdet? War es ein Fehler gewesen, Vanessa immer wieder nachzugeben? Aber was hätte sie sonst machen sollen? Sie gehen lassen?

Diese Alternative behagte Michaela ebensowenig wie Vanessas ständige Alleingänge.

Du bist ja wirklich ein Glückspilz, Michaela, dachte sie in einem Anfall von Selbstironie. Auf der einen Seite hast du eine neuextrovertierende reiche Erbin am Hals, die dich am liebsten als Kostprobe vernascht hätte. Auf der anderen Seite spielt deine Geliebte die Mimose, alles ist erlaubt, nur keine Annäherung an sie. Du solltest überdenken, ob es sich nicht lohnen könnte, die Seiten zu wechseln.

Michaela rief sich zur Ordnung. Nein, sie wollte nicht die Seiten wechseln. Sie wollte lediglich, daß alles in Ordnung war. Daß Vanessa sich ein wenig mehr um sie bemühte und daß Tanja sich nicht zu sehr an sie klammerte. Dann wäre die Welt eigentlich wie sie sein sollte, jedenfalls ihre eigene kleine, private Welt. War das denn zuviel verlangt?

Michaelas erster Weg am Montag morgen führte sie in Walter Kanters Büro. »Ihre Tochter ist so ausgehungert nach Aufmerksamkeit und Zuneigung, daß sie sich an mich klammert wie eine Ertrinkende. Warum verbringen Sie nicht einfach etwas mehr Zeit mit ihr? Freizeit! Reden Sie mit ihr. Dann finden Sie auch Zugang«, platzte sie heraus.

Walter Kanter zog die Augenbrauen hoch und machte Michaela damit darauf aufmerksam, daß sie sich nicht sehr respektvoll verhielt. »Wir verbringen durchaus Zeit miteinander und reden«, sagte er dann. »Wir essen jeden Abend zusammen.«

Michaela riß sich zusammen. »Worüber reden Sie?« fragte sie so ruhig wie möglich.

»Über die Firma, über Gott und die Welt.«

»Reden Sie auch über persönliche Dinge? Über Tanjas Pläne zum Beispiel, ihre Träume? Oder einfach, was sie am nächsten Tag vor hat? Mit wem sie sich trifft?«

»Tanja geht nicht aus. Sie liest lieber ein Buch.«

»So? Wir waren Freitag in einer Disco. Sie wäre beinah mit dem erstbesten Typen ins Bett gesprungen.«

»Was Sie hoffentlich verhindert haben!« donnerte Walter Kanter.

»Ja, aber was wird beim nächsten Mal? Tanja ist einsam und in emotionaler Hinsicht absolut naiv, fast wie ein Kind. Sie könnte die Aufmerksamkeit und den Rat ihres Vaters gut brauchen. Eine bessere Gelegenheit, miteinander ins Gespräch zu kommen, werden Sie nicht bekommen. Zeigen Sie ihr einfach, daß Sie an ihrem Leben interessiert sind. Mehr will sie gar nicht.«

»Aber wie soll ich das machen?« Das erste Mal sah Michaela ihren Chef sich mit hilfloser Geste durch die Haare streichen.

Michaela kam eine Idee. »Laden Sie zum Beispiel die neue Freundin Ihrer Tochter zum Abendessen ein. Das wird Tanja freuen.«

Walter Kanter dachte nach. »Ja, das könnte was bringen«, sagte er dann. »Also gut. Kommen Sie heute abend bei uns vorbei. Wir essen um acht.«

»Nicht so.« Michaela schüttelte den Kopf. »Überraschen Sie Tanja mit dem Angebot. Sagen Sie ihr, Sie wollen ihre Freundin gern kennenlernen.«

Kanter nickte. »Sie haben Recht. Gut, daß wir so getan haben, als kennen wir uns nicht. Dabei müssen wir es belassen.«

Autsch! Danke, daß du mich daran erinnerst, was für eine Lügnerin ich bin. Ich hatte eben schon den Anflug von Selbstzufriedenheit, weil ich meine eigene Idee genial fand.

»Ja«, sagte Michaela. »Und machen Sie nicht den Fehler, den ganzen Abend von Ihrer Firma zu erzählen«, warnte sie Kanter eindringlich. »Damit würden Sie Tanja sehr verärgern. Das Tischgespräch muß persönlicher Natur sein.«

»Ich werde es versuchen, auch wenn ich darin wenig Übung habe.«

»Am besten eignen sich Erinnerungen an gemeinsame Ausflüge, Urlaub oder ähnliches.«

»Da gab es nicht so viele«, gestand Kanter.

»Dann müssen die wenigen eben reichen. Oder der Einschulungstag, die Konfirmation und so weiter.«

»Ich werde mich gründlich vorbereiten.«

»Tun Sie das, aber machen Sie keinen Krampf daraus. Und keine Bange. Ich werde Ihnen schon helfen, wenn ich merke, Sie bleiben hängen.«

Walter Kanter schaute Michaela offen an. »Danke«, sagte er. »Ich hätte keine Bessere für diese Aufgabe auswählen können. Und Sie wissen ja, es wird Ihr Schaden nicht sein. Ich stehe zu meinem Angebot.«

Michaela seufzte. Daran erinnert zu werden war das letzte, was sie brauchte. –

Tanja rief Michaela nachmittags an und wartete mit der »Neuigkeit« auf. Ihre Stimme war voller Begeisterung. »Stell dir vor, er hat mich extra aus dem Büro deswegen angerufen! Ich war total baff. Du kommst doch, oder?"

»Gern. Ich hoffe nur, ich habe die passende Garderobe für euer vornehmes Haus.«

»Es sind ja nur wir drei da. Außerdem hast du bisher immer toll ausgesehen, egal wie gekleidet.«

Michaela lächelte müde vor sich hin. Es war typisch für Tanja, so ein Kompliment auszusprechen, ohne sich weitere Gedanken zu machen. Sie empfand es so, also sagte sie es. »Sag deinem Vater Danke für die Einladung. Bis heute abend dann.« Sie legte auf, wollte sich weitere gefühlsbetonte Äußerungen Tanjas ersparen. Sie war empfänglich dafür. Wer konnte wissen, wohin das führte?

Diese Vater-Tochter-Kiste zerrte an Michaelas Nerven. Statt sich da geschickt herauszulavieren, verstrickte sie sich immer mehr. Nun war sie auch noch bei Kanters zum Abendessen eingeladen. Wohlgemerkt ihrer eigenen Idee wegen!

Das Ganze nahm immer groteskere Züge an. Zuerst war es nur die Tochter, die sich ihr anvertraute, nun schien auch der Vater sie als Ratgeberin zu brauchen.

»Guten Abend«, begrüßte Walter Kanter Michaela freundlich. »Schön, daß Sie kommen konnten. Ich freue mich, daß meine Tochter eine neue Freundin gefunden hat. Noch dazu eine, die offensichtlich so guten Einfluß auf sie hat. Ich will Ihnen nicht verhehlen, daß die Verwandlung von Tanja mich stark beeindruckt hat.«

Sie standen in der hohen, hellen Eingangshalle. Michaela lächelte freundlich. »Manchmal braucht es nur wenig, um eine große Veränderung zu bewirken.«

»Wem sagen Sie das. Das erlebe ich tagtäglich in meiner Firma.«

Michaela warf Kanter einen warnenden Blick zu.

»Aber darüber wollen wir heute abend nicht reden«, reagierte er sofort. »Es ist meine Tochter, die im Mittelpunkt steht. Und Sie, Frau Dietz. Sie scheinen einen besonderen Draht zu Tanja zu haben, um den ich Sie ehrlich gesagt beneide. Wie machen Sie das? Gibt es da so eine spezielle Frauensprache? Oder wie muß ich mir das vorstellen?«

»Eine gute Frage, die ich leider nicht beantworten kann. Denn ich weiß nicht, warum Ihre Tochter mir ihr Vertrauen schenkt. Aber ich nehme es gern an.«

»Könnt ihr beide mal aufhören über mich zu reden, als sei ich nicht anwesend?« beschwerte Tanja sich. Sie hakte sich bei Michaela ein. »Komm. Vor dem Essen gibt es einen Aperitif.«

Michaela ließ sich von Tanja führen. Kanter folgte ihnen ins Eßzimmer, schenkte dort die Aperitifs ein und bat anschließend zu Tisch. Während des Essens hielt er sich strikt an Michaelas Anweisungen vom Morgen. Mit keiner Silbe sprach er über die Firma, kramte immer wieder Erinnerungen hervor und traf dabei stets den richtigen Ton, mal ernst, mal heiter. Tanja hörte ihrem Vater zunächst erstaunt und schließlich lächelnd zu. Bald wechselten sie sich in den Erzählungen ab.

»Stell dir vor«, sagte Tanja jetzt. »Zu meinem Abiball tauchte plötzlich ein Junge auf, der mir den Hof machte. Wie ich später herausfand, hatte mein Vater ihn engagiert. Es war der peinlichste Moment meines Lebens.« Sie lachte.

Michaela vermutete, es war das erste Mal, daß Tanja darüber lachen konnte. Ihr selbst war, eingedenk der Ähnlichkeit der Ereignisse, weniger zum Lachen zumute. Sie schaute zu Kanter. Der blickte betreten drein.

Tanja bemerkte die plötzliche Verlegenheit ihrer zwei Tischgenossen nicht und ging zur nächsten Episode über.

Der Abend entwickelte sich genau nach Michaelas Vorstellungen. Vater und Tochter vergaßen zwischenzeitlich ihre Differenzen, besannen sich auf das, was sie verband. Gegen elf stand Michaela auf und verabschiedete sich.

»Vielen Dank für den reizenden Abend, Frau Dietz«, sagte Kanter. »Wie wäre es, wenn wir das einmal wiederholen?« Kanter zwinkerte seiner Tochter zu.

Tanja lächelte glücklich.

Michaela kam es so vor, als meinte Walter Kanter es ehrlich. »Ich habe zu danken. Und ja, sehr gern.«

»Wie wäre es Mittwoch nächste Woche?«

»Mittwoch paßt mir gut. Wären Sie noch so freundlich, mir ein Taxi zu bestellen?«

»Natürlich.«

Tanja brachte Michaela zur Tür. »Sehen wir uns morgen? Wir könnten ins Kino gehen.«

»Ich habe viel Arbeit. Ich weiß nicht, wann ich fertig werde«, log Michaela. »Wie wäre es, wenn du Christian anrufst und ihn fragst?«

Obwohl Michaela den Vorschlag selbst machte, versetzte es ihr einen Stich ins Herz, als Tanja erwiderte: »O ja, gute Idee.«

Wie schon am Freitag in der Disco fühlte Michaela sich zwiespältig. Einerseits wollte sie, daß Tanja einen Freund fand, andererseits fühlte sie sich so, als würde ihr etwas weggenommen. Deshalb war sie den beiden ja auch nachgestürzt, als sie die Disco verlassen wollten. Eine Erklärung hatte Michaela dafür immer noch nicht.

Bevor Michaela ins Taxi stieg, sagte Tanja noch: »Dann rufe ich dich morgen abend an, wenn ich aus dem Kino zurück bin.«

7.

Seit drei Wochen kannte Michaela Tanja nun. Der zweite Abend bei Kanters stand dem ersten an Entspanntheit nicht nach. Tanja nahm die neue Seite ihres Vaters verwundert, aber erfreut zur Kenntnis.

Und, Michaela konnte nicht umhin zu lächeln, auch sie genoß den Abend. Obwohl sie ursprünglich nur die Rolle der Vermittlerin innehatte, fühlte sie sich, von Tanjas Seite aus sowieso, aber auch von Seiten des Vaters, als willkommener Gast. Er behandelte sie höflich und zuvorkommend, nicht wie eine Untergebene. Was natürlich Tanjas Gegenwart geschuldet war. Aber Michaela schien auch, daß er es ihr wirklich anrechnete, was sie tat.

Tanjas Beziehung mit Christian schien sich gut zu entwickeln. Tanja erzählte Michaela von jedem einzelnen ihrer Treffen mit ihm und sah dabei immer glücklich aus. Michaela freute sich für sie. Sie mochte Tanja mehr und mehr. Deren ungekünstelte Art, die Offenheit, mit der sie ihr begegnete. Es bestand kein Zweifel, daß Tanja ihr echte Zuneigung entgegenbrachte. Gerade das ließ Michaela sich oft schlecht fühlen.

»Ich glaube, heute passiert es«, verkündete Tanja ihr gerade. Sie saßen zusammen im Café. »Christian hat mich zu einem romantischen Essen zu sich nach Hause eingeladen.«

»Du liebst ihn?« fragte Michaela.

Tanja zögerte einen Moment. »Er ist sehr nett.«

»Du wirst also mit ihm schlafen, wenn er es will?«

Tanja schaute Michaela fragend an. »Soll ich?«

»Das mußt du selbst entscheiden. Willst du?«

»Wie soll man das wissen nach so kurzer Zeit?«

Michaela erinnerte sich, daß Tanja *ihr* dieses Angebot

schon gemacht hatte. Nach nur wenigen Tagen. Nun ja, mittlerweile hatte Tanja ihre Liebesbeteuerungen eingestellt und schien etwas reifer mit den Dingen umzugehen.

»Wie lange kanntet ihr, du und Vanessa, euch, bevor ihr . . .?« fragte Tanja.

»Zehn Tage«, antwortete Michaela wahrheitsgemäß. »Aber das muß keine Zielmarke für dich sein.«

»Ich habe ein wenig Bammel davor. Wie du dir ja denken kannst, ist mein Erfahrungsschatz, was *das* betrifft, eher klein.«

»Aber du hast doch schon mal . . .?«

»Hm . . . na ja, . . . nein.«

Michaela bemühte sich, ihre Bestürzung zu verbergen. So wie Tanja sich an dem Abend verhalten hatte, als sie in der Disco waren – gespielt oder echt – war sie davon ausgegangen, sie hätte schon die eine oder andere Erfahrung gemacht. Wenigstens eine. Sie schluckte. »Meinst du, Christian ist der Richtige für das erste Mal?«

Tanja zuckte mit den Schultern. »Das wird sich ja dann herausstellen. Ich finde jedenfalls, ich habe lange genug gewartet.«

Michaela hatte kein gutes Gefühl dabei, aber was sollte sie machen? Sie selbst hatte Tanja ja eben gesagt, sie müsse allein entscheiden, was sie wolle. Und nun ging es Michaela ähnlich wie an dem Abend in der Disco. Nur diesmal konnte sie nicht hinter Tanja herrennen und sie davon abhalten, mit Christian zu gehen. Das hatte sie schon beim ersten Mal in eine megapeinliche Situation gebracht, aus der sie sich nur mit viel Glück aus der Affäre gezogen hatte.

So verbrachte Michaela den Abend in dem Bewußtsein, daß *es* passieren würde. Je mehr sie versuchte sich von dem Gedanken abzulenken, desto präsenter war er. Und es war weniger der Vorwurf, sie habe Tanja zu etwas getrieben, wozu sie möglicherweise noch gar nicht reif war, der ihr zu schaffen machte. Es war vielmehr eine innere Unruhe, die sie einfach nicht losließ und die dafür sorgte, daß sie schlecht gelaunt war. Gut, daß Vanessa zu einem Kursus war und erst übermorgen wiederkam. Da konnte Michaela wenigstens ungestört fluchen, während sie rastlos im Wohnzimmer auf und ab lief.

Warum führst du dich auf wie eine eifersüchtige Ehefrau? fragte sie sich. Um gleich darauf wieder zu leugnen: *Quatsch, ich bin nicht eifersüchtig! Ich bin nur – beunruhigt.* Aber worüber, Michaela? *Nun ja, darüber, wie Tanja sich nach diesem Abend, von dem sie sich so viel erhofft, fühlen wird natürlich.*

Du meinst, du hast Angst, daß Tanja morgen himmelhochjauchzend, auf Wolke sieben schwebend, zu dir kommt und in höchsten Tönen von Christian schwärmt. Sie wird vielleicht ihre Zeit in Zukunft lieber mit Christian verbringen als mit dir.

Aber das wolltest du doch. Dann bist du endlich raus aus der Sache rund um die Kanterschen Familienprobleme. Mit einer 1a-Erklärung gegenüber Kanter. Tanja hat sich verliebt, da hat sie keine Zeit für eine Freundin. So ist das nun mal bei Verliebten. Was kann er dagegen sagen? Nichts.

Ja schon, aber ... Was aber? Nichts aber! So ist es das beste. Das Paar Tanja und Christian ist die Fahrkarte in deine neue alte Unabhängigkeit. Freu dich, Michaela.

Doch so sehr sie auch darauf wartete, es kam keine richtige Freude auf. *Was soll's. Dann eben nicht.*

Michaela ging zu Bett, schlief unruhig, wachte früh auf, war ausnahmsweise die erste im Büro, wo sie sich in die Arbeit stürzte. Damit nicht genug, nahm sie sich den Rest mit nach Hause.

Erst Tanjas Anruf unterbrach Michaela in ihrem Tatendrang.

»Können wir uns irgendwo auf einen Kaffee treffen?« fragte Tanja. Ihre Stimme klang aufgewühlt.

Michaela schaute auf die Uhr. Halb sieben. *Muß ja 'ne tolle Nacht gewesen sein, wenn du erst jetzt anrufst. Wahrscheinlich hast du den ganzen Tag gebraucht, um dich davon zu erholen.* Und wie Michaela befürchtet hatte, wollte Tanja jetzt offenbar auch diese Episode mit ihrer Freundin teilen.

»Ich habe Kopfschmerzen«, täuschte Michaela vor, denn sie hatte nicht vor, in Tanjas strahlendes Gesicht zu blicken, wenn die von ihrer Nacht mit Christian erzählte. »Wahrscheinlich habe ich zuviel am PC gearbeitet.«

»Dann schalt das Ding aus. Ich komme vorbei und muntere dich ein wenig auf«, erwiderte Tanja. Sie legte auf, bevor Michaela sie davon abhalten konnte.

Schöne Bescherung, dachte sie.

Michaela öffnete Tanja die Tür, schlurfte müde ins Wohnzimmer und legte sich auf die Couch, um glaubhaft krank zu wirken. Tanja setzte sich zu ihr, plazierte sich so, daß sie Michaelas Kopf in ihren Schoß legen konnte. Tanja strich sanft durch Michaelas Haar, massierte vorsichtig ihre Schläfen.

»Und? Wie war's?« fragte Michaela schicksalsergeben.

Tanja zögerte. »Ich habe den ganzen Tag darüber nachgedacht ...«

Michaela hob kurz den Kopf. »Nachgedacht? Du mußt doch wissen, ob es dir gefallen hat.«

Tanja sah geradeaus, spielte abwesend mit Michaelas Haar. »Seine Küsse waren leidenschaftlich, sein Körper – nicht so weich wie deiner. Die Sache selbst, ich weiß nicht. Ich habe ja auch keine Vergleichsmöglichkeiten«, beschwerte sie sich fast ein wenig.

Michaela beherrschte sich, nicht loszuprusten. Manchmal haute Tanja Dinger heraus ... Und überhaupt: »Woher willst du wissen, daß mein Körper weicher ist?«

»Schon vergessen, daß du bei mir übernachtet hast?«

Natürlich nicht. Nur ging Michaela nicht davon aus, daß Tanja noch in Erinnerung war, wie sich ihr Körper anfühlte. Tanja hatte zwar ihren Arm um sie geschlungen – *was ausreichte, daß du fast kein Auge zubekamst* – aber daß sie das als Vergleich heranzog ...

»Ich weiß auch nicht«, meinte Tanja. »Ich habe mehr erwartet. Deshalb habe ich ja den ganzen Tag darüber nachgedacht.«

»In welcher Hinsicht? Hast du es bereut?«

»Nein.« Tanja tat sich schwer. »Ich frage mich nur, ob das alles ist. Ich hatte nicht das Gefühl, ohne das nicht leben zu können. Oder ohne Christian. Du hast gesagt, Vertrauen, Toleranz, daß man den anderen mag, und Sex: Das ist Liebe. Nun, die Voraussetzungen sind gegeben, – und trotzdem ...« Tanja gestikulierte hilflos mit der Hand in der Luft herum. »Da muß doch noch mehr sein! Weil, wenn nicht, dann ist es den ganzen Aufstand, den man um die Sache macht, nicht wert.«

»Ich konnte ja nicht ahnen, daß du meine Worte als Definition für deine ...«, Michaela suchte nach dem richtigen Wort, »... Forschungen zugrundelegst. Natürlich war das nur eine grobe Kurzfassung.« *Tanja ist nicht in Christian verliebt!*

»Toll!« rief Tanja aus. »Das sagst du mir jetzt! Und wie ist die genaue Beschreibung?«

Michaela sann nach. Nun sehr viel leichteren Herzens. »Du fühlst ein Kribbeln im Bauch, sobald die Person, die du liebst, in deiner Nähe ist. Du denkst, es wäre genug, wenn nur du und dieser Mensch auf der Erde leben würden. Du setzt all deine Hoffnungen in diese Person, verbindest alle deine Zukunftspläne mit ihr. Von diesem Menschen enttäuscht zu werden bricht dir das Herz.«

Tanja hörte still zu. »Trifft all das auf Vanessa und dich zu?«

»Nun ja.« Michaela räusperte sich. *Anfangs schon. Mittlerweile ...* »Im großen und ganzen.«

Das Kribbeln war weg. Vanessa zog lieber mit ihren Freundinnen um die Häuser als mit ihr. Aber sie wohnten zusammen, stritten eigentlich nie. Sie hatten ungefähr die gleichen Vorstellungen von dem, was sie im Leben erreichen wollten.

Sie kamen gut miteinander aus. Die Leidenschaft war ohne Frage abgeebbt, aber das war doch normal. Kein Paar, daß drei Jahre zusammenlebt, hat jeden Tag Sex. Die das behaupten, lügen ganz sicher.

»Weißt du, die Liebe verändert sich im Laufe der Zeit«, versuchte Michaela zu erklären. »Der Alltag kriegt einen irgendwann wieder ein. Nur von Luft und Liebe kann man nicht leben.«

»Wann hast du das letzte Mal mit Vanessa geschlafen? Und wie war es?« wollte Tanja wissen.

Darüber wollte Michaela nun wirklich nicht mit Tanja reden. »Die Frage ist mir zu intim. Entschuldige.«

»Aber du hast mich eben doch auch gefragt, wie es mit Christian war, und ich habe geantwortet.«

Du hast ja auch nur auf meine Frage gewartet! Michaela seufzte. »Vor vier Wochen«, ergab sie sich dennoch. »Und es war – eben mal wieder an der Zeit.«

Im Grunde genommen war es nur dazu gekommen, weil sie Vanessa daran erinnert hatte, daß ihre Hormone in Aufruhr waren. Vanessa hatte die Nachricht sachlich entgegengenommen. Michaela erinnerte sich, daß sie befürchtet hatte, Vanessa würde ihren Terminkalender holen und nachsehen, welchen Abend es am besten passen würde. Als sie sich dann geliebt hatten, hatte es sich angefühlt wie eine lästige Sache, die es hinter sich zu bringen galt. Komisch. Erst jetzt, da Tanja fragte, wurde Michaela das richtig bewußt.

»Klingt nicht sehr verliebt«, erkannte auch Tanja.

»Das kannst du nicht mit deiner Situation vergleichen. Vanessa und ich sind seit drei Jahren zusammen. Da ist das anders. Nicht mehr ganz so leidenschaftlich.«

»Ist das immer so?«

»Keine Ahnung.« Michaela zuckte die Schultern. »Was willst du jetzt machen? Mit Hinblick auf Christian, meine ich.«

»Wenn ich das nur wüßte. Er war heute morgen sehr aufmerksam. Aber wenn ich ehrlich bin, ich war nicht nur enttäuscht ... ich hatte auch den Wunsch, so schnell wie möglich wegzukommen, allein zu sein.«

Tanjas Stimme war immer leiser geworden. Michaela rappelte sich hoch, setzte sich so, daß sie ganz nah bei Tanja war. Entsetzt sah sie, wie Tränen in Tanjas Augen traten.

Michaela nahm sie in die Arme, hielt sie fest, flüsterte leise, beruhigende Worte. »Schhhhh, schon gut. Ist ja nichts Schlimmes passiert. Halt dich an mir fest.«

Tanjas Schluchzen zerriß Michaela innerlich. Denn sie wußte, daß es ihre Schuld war, daß Tanja hier wie ein Häufchen Elend auf der Couch saß. Ihrer brillanten Ideen wegen. Tanja unter Leute bringen, sie junge Männer kennenlernen lassen und sie dann mit der neuen Situation alleinlassen.

Prima, Michaela!

Doch genauso schnell, wie Tanjas Zusammenbruch gekommen war, ging er auch vorbei. Sie fing sich und meinte: »Was nicht ist, ist eben nicht. Wenn wir Samstag wieder in die Disco gehen, werde ich mit Christian sprechen.«

Michaela sah sie konsterniert an. Manchmal war ihr schleierhaft, wie Tanja, die in den letzten Jahren größtenteils in ihrer eigenen Welt gelebt hatte, mit all den für sie neuen Dingen so alltäglich umgehen konnte. Die Enttäuschung schien von einem Moment zum nächsten vergessen, Tanja bereit für einen neuen Versuch.

Oder wie war ihr Wunsch, erneut in die Disco zu gehen, zu deuten?

8.

Tanja sah Christian als erste. Sie stieß Michaela kurz mit dem Ellenbogen an. »Ich geh dann mal zu ihm rüber.«

Michaela nickte.

Tanjas Gespräch mit Christian dauerte kaum zehn Minuten. Dann kehrte sie zu Michaela zurück. »Er war enttäuscht, glaube ich«, erklärte sie ruhig.

»Das kann man ihm nicht verdenken«, rutschte es Michaela heraus. Tanja bemerkte die Zweideutigkeit ihrer Worte jedoch nicht. Glücklicherweise.

»Es war nicht so leicht, ihm zu sagen, daß nichts aus uns wird. Ich kam mir ziemlich herzlos vor«, gestand Tanja.

»Besser gleich als später. Dann tut der Bruch oft noch mehr weh«, sagte Michaela. Sie schaute Tanja ernst an. »So ist das, wenn man sich auf jemanden einläßt. Man riskiert stets, enttäuscht zu werden. Beide Seiten wissen das.«

»Hast du das schon erlebt? So eine Enttäuschung?« fragte Tanja.

»O ja, mehr als einmal. Und du wirst es auch erleben. Dem kann niemand entgehen.«

»Du vergißt, eine einschneidende Erfahrung habe ich da schon: meinen Vater«, sagte Tanja.

»Na ja, das ist nicht ganz dasselbe.«

»Nicht dasselbe, aber trotzdem eine Enttäuschung.« Tanja lächelte Michaela an. »Gut, daß ich jetzt jemanden habe, mit dem ich über so etwas reden kann.« Wahrscheinlich war Tanja aber doch etwas nachdenklich geworden, denn sie lehnte alle Aufforderungen zum Tanz ab.

Michaela spekulierte darüber, was in ihr vorging. Wurde Tanja nun doch klar, daß sie die Sache zu schnell angegangen war?

»Komm, laß uns tanzen«, sagte Tanja plötzlich und zog Michaela mit sich. Die Musik wurde gerade wieder langsamer.

Michaela tat nichts dagegen, als Tanja sich an sie schmiegte. Auch wenn Michaela, eingedenk einiger abschätzender Blicke um sich herum, leichtes Unwohlsein verspürte. Sie war erleichtert, als die langsame Runde endete und Tanja sie von der Tanzfläche führte. Und konnte nicht umhin, Tanja zu erinnern: »Du solltest mich weniger innig umarmen. Das ist hier keine Frauenbar.« Ihr Lächeln wirkte verkrampft, dessen war sich Michaela bewußt.

Tanjas Antwort bestätigte das. »Warum gehen wir dann nicht in eine? Wenn es dir peinlich ist, hier mit mir zu tanzen.«

»Peinlich? Mir? Ich dachte mehr an *dein* Image als an meines.«

»Mach dir um mein Image keine Sorgen. Aber im Ernst. Warum wechseln wir nicht das Lokal?«

»Ich, äh, na ja, wenn du willst.«

»Oder bekommst du mit Vanessa Probleme deswegen?«

»Nein.« Glaubte Michaela wenigstens.

Vanessa stand mit einigen Freundinnen an der Bar. Michaela nahm es verwundert zur Kenntnis. Vanessa hatte mit keiner Silbe erwähnt, daß sie ins *Lissy* gehen würde.

Na egal, dachte Michaela. Vanessa hätte sowieso durch irgendeine erfahren, daß sie mit einer anderen Frau hier war. Einer *Neuen*. Und jetzt, wo sie Vanessa so unerwartet hier traf, konnte die wohl kaum etwas dagegen sagen. Trotzdem fühlte Michaela sich unwohl in ihrer Haut.

Vanessa kam zu ihnen, küßte Michaela flüchtig. »Hallo, ich wußte nicht, daß ihr auch hierher wolltet.«

»Spontane Entscheidung«, sah Michaela sich veranlaßt zu erklären. »War Tanjas Idee.«

Vanessa musterte Tanja eingehend. Die fühlte sich regelrecht fixiert. »Du bist ja anscheinend sehr neugierig«, sagte Vanessa zu ihr.

»Ich wollte einfach mal mit einer Frau tanzen, ohne angegafft zu werden«, erwiderte Tanja ruhig.

»Na dann, viel Vergnügen.« Vanessa ging wieder zu den anderen. Michaela fand es merkwürdig, daß Vanessa sie nicht einlud mitzukommen. Andererseits war sie auch froh darüber. Deshalb zerbrach sie sich nicht weiter den Kopf. Sie wollte den Abend lieber allein mit Tanja genießen.

Tanja schaute Vanessa nach. »Sie ist sehr hübsch«, sagte sie.

Michaela nickte gedankenversunken. »Ja, das ist sie.«

»Das finden ihre Freundinnen auch. Zwei Drittel der Truppe sieht sie mit Stielaugen an.« Tanjas Beobachtungsgabe war faszinierend. Und sie brachte blitzschnell auf den Punkt, wozu Michaela den ganzen Abend gebraucht hätte, das mußte sie zugeben. »Vielleicht stimmt es ja, was Jana sagte«, fügte Tanja nun auch noch hinzu.

Wenn eines nicht zu Tanjas Eigenschaften gehörte, dann, daß sie lange um den heißen Brei herumredete. Michaela kannte das an ihr, im Grunde genommen mochte sie es, nur in diesem Fall wäre es ihr lieber gewesen, Tanja hätte ihre Weisheit für sich behalten. »Was meinst du?« fragte sie überflüssigerweise.

Jede andere hätte jetzt »Ach nichts« gesagt, um ihre Freundin zu schonen. Tanja dagegen beantwortete Michaelas Frage prompt: »Daß sie mit anderen Frauen schläft.«

»Jana sieht überall Gespenster. Und du offenbar gerade auch«, wehrte Michaela ab.

Doch wenn sie die Gruppe betrachtete, konnte auch sie nicht umhin zuzugeben, daß einige der Frauen Vanessa mit ihren Blicken förmlich verschlangen, und der schien das zu gefallen.

Aber nicht nur das. Vanessa trafen auch andere, traurige Blicke. Der typische Blick einer abgelegten Liebhaberin. *Ach was,* verscheuchte Michaela kategorisch die unbehaglichen Gedanken. *Was kann Vanessa dafür, daß diese Frauen sie anschmachten? Die einen tun es eben aggressiv und die anderen mit dem traurigen Hundeblick. Das bedeutet gar nichts!*

»Tanzen wir?« fragte Tanja in Michaelas Gedanken.

Michaela nickte. Aus den Augenwinkeln sah sie, wie Vanessa jede ihrer Bewegungen verfolgte. War sie eifersüchtig? Nein, nicht Vanessa. Das entsprach ihr nicht. Aber warum schaute sie so?

Als das Lied vorbei war, kam Vanessa zu ihnen. »Ich würde auch gern mit deiner neuen Freundin tanzen, wenn du gestattest.«

Michaela trat zurück und Vanessa an ihre Stelle.

Tanja tanzte mit ihr den Titel, dann kam sie wieder zu Michaela. »Sie ist sehr – kalt, deine Geliebte.«

Michaela wunderte sich über den Ausdruck. Sie hatte ja schon viele Beurteilungen über Vanessa gehört, aber so eine noch nie. »Wie kommst du darauf?«

»Sie fragte unumwunden, ob wir es schon getan hätten. Und falls nicht, sollten wir es endlich tun.«

Michaela war sich nicht sicher, ob sie Tanja richtig verstanden hatte. »Wie bitte?« fragte sie deshalb. Und dann, weil das, nachdem Tanja es wiederholte, die nahegelegenste Erklärung war. »Das hast du sicher falsch verstanden.«

Tanja erwiderte nichts. Ihr Blick ging von Michaela zu Vanessa und wieder zurück. Als Michaela ihn wieder auffing, lag ein Ausdruck darin, den Michaela nur schwer deuten konnte. So als wüßte Tanja etwas, was sie, Michaela, nicht wußte.

»Hast du das wirklich zu Tanja gesagt?« fragte Michaela Vanessa am nächsten Tag.

»Ja«, gab Vanessa unumwunden zu. Sie fragte nicht einmal, was Michaela meinte.

»Wieso?«

»Die Kleine ist so offensichtlich an dir interessiert, das sieht doch ein Blinder. Und du bist auch nicht abgeneigt. Also wo ist das Problem?«

Michaela kam es so vor, daß alle anderen um sie herum einander durchschauten, zumindest gaben sie es vor, nur sie stand ahnungslos mittendrin, sah nichts von alldem. Oder wollte sie es nur nicht sehen?

»Das ist absoluter Blödsinn. Aber selbst wenn es so wäre, wie kannst *du* so was sagen? Ich meine ... wir sind doch zusammen.«

Vanessa sah Michaela nachsichtig an. »Ja, sicher sind wir das. Aber in der Bank am Schalter zu arbeiten ist nicht gerade aufregend, und die Szene hier wird immer öder. Ich würde gern auf dieser süßen, kleinen Kanarischen Insel wohnen. Und auf die Art würden wir schneller da hinkommen.«

Michaela fühlte, wie ihr der Boden unter den Füßen wegrutschte. In ihrem Magen zog sich etwas zusammen, so daß ihr schlecht wurde. Zum ersten Mal kam ihr der Verdacht, Jana könnte recht haben. Es schien Vanessa egal zu sein, ob sie mit Tanja schlief. Das deutete klar daraufhin, daß Vanessa selbst den Gedanken an Treue schon lange aufgegeben hatte.

Was, wenn Vanessa sich wirklich schon durch alle Betten geschlafen hätte und jetzt ein neues Jagdrevier brauchte? Sie war, als sie sich kennenlernten, sehr aktiv im Bett. In der letzten Zeit faßte Vanessa sie kaum noch an. Schon gar nicht von sich aus. War Vanessa nur noch mit ihr zusammen, weil sie die Wohnung bezahlte? Hoffte ihre Geliebte auf ihren, Michaelas, Karrieresprung, der dann auch ihr Leben finanzieren würde?

All diese Gedanken stürzten mit brutaler Wucht auf Michaela ein, machten sie förmlich bewegungslos. Sie stand Vanessa gegenüber, sah sie an und wollte nicht glauben, daß Vanessa so berechnend war.

Nein! Nein, nein! Unmöglich, sagte Michaela sich. *Vanessa meint das nicht so. Es war nur ein Scherz, eine ihrer leicht dahin geworfenen Bemerkungen, die sie nicht ernst meint.*

Denn wenn die ganze Geschichte jetzt damit endete, daß auch noch die Grundfesten ihrer Beziehung in Frage gestellt wurden, konnte sie sich gleich erschießen.

Michaela riß sich zusammen. »Nun, ich werde aber nicht mit Tanja schlafen, also wird es etwas länger dauern mit dem Umzug. Ich hoffe, das macht dir nichts aus«, fand sie zu sich zurück.

Vanessa antwortete erwartungsgemäß scherzend. »Wenn es denn sein muß.«

Bevor neue Zweifel ihr zusetzen konnten, wechselte Michaela das Thema.

Das Dumme war nur, daß sich die Zweifel, einmal festgesetzt, nicht so leicht verscheuchen ließen.

9.

Michaela hob beschwörend ihre Hände. »Können wir die Sache nicht als erledigt betrachten? Ich meine, Tanja ist auf dem richtigen Weg. Sie haben auch besseren Kontakt zu ihr. Der Rest kommt mit der Zeit.« Sie saß in Kanters Büro, wie vor vier Wochen, als er sie in seinen Plan einspannte, nur würde Michaela heute lieber ihren Job riskieren, statt sich darauf einzulassen.

»Was ist los mit Ihnen, Frau Dietz?« fragte Walter Kanter überrascht. »Warum wollen Sie auf der Zielgeraden abbrechen? Wenn ich Sie jetzt nach Gomera gehen lasse, wäre alles umsonst gewesen. Tanja würde sich wieder in sich zurückziehen.«

Michaela registrierte erstaunt, daß in Kanters Auftreten eine Veränderung zu verzeichnen war. Noch vor vier Wochen hätte er in der selben Situation seine Zeit weder mit Fragen noch Argumenten verschwendet, sondern einfach seinen Willen verkündet. Deshalb wagte sie zu sagen: »Ich fühle mich schrecklich, Tanja fortwährend anzulügen.«

Doch so tiefgreifend war Kanters Wesensänderung dann doch wieder nicht. Er verstand Michaela nicht. »Was meinen Sie mit anlügen? Sie *sind* doch Freundinnen, oder mögen Sie Tanja nicht?« Seine Stimme klang ein wenig besorgt.

»Natürlich mag ich sie. Das ist ja das Problem. Ich kann ihr nicht in die Augen sehen.«

»Warum? Nur weil wir beim Zustandekommen Ihrer Freundschaft zu meiner Tochter ein wenig nachgeholfen haben? Sie haben Tanja einen Dienst erwiesen. Und mir auch. Völlig überflüssig, sich von einem schlechten Gewissen plagen zu lassen.« Kanter schüttelte den Kopf. Aber offensichtlich war er nachgiebig gestimmt und sehr zufrieden mit dem bisher Erreichten, denn er lenkte ein. »Okay, ein Deal. Ich übernehme selbst den letzten Part, spreche mit Tanja über ihren Einstieg in die Firma. Ist vielleicht auch besser. Ich glaube, ich weiß jetzt, wie ich es anpacken muß. Sie brauchen Tanja dahingehend nicht zu beeinflussen. Aber Sie bleiben noch so lange, bis die Sache klar ist. Und falls Tanja Sie fragen sollte, geben Sie ihr den richtigen Rat.«

»Wie Sie meinen«, gab Michaela nach.

Walter Kanter nickte zufrieden. Plötzlich hielt er inne, beugte sich in seinem Sessel leicht vor. »Nein, ich habe eine bessere Idee.« Er machte eine effektvolle Pause. »Wie wäre das: Ich biete der Freundin meiner Tochter einen guten Job in meiner Firma an, den sie dankend annimmt. Wenn Tanja sieht, daß Sie nichts gegen mich haben, daß Sie sich für die Firma interessieren, wird sie ihre Einstellung sicher überdenken. Ja, so machen wir das.« Er lachte, so begeistert war er von seiner Idee. Natürlich setzte er Michaelas Zustimmung voraus.

Sie seufzte resigniert. Der erste Vorschlag hatte ihr besser gefallen. Aber wen interessierte das? Immerhin, das Gute an Kanters neuer Idee war, daß damit das Versteckspiel rund um ihren Job endlich aufhörte. Das wog allerdings den viel größeren Nachteil nicht auf. Sie würde damit sehr wahrscheinlich bei Tanjas Überlegungen das entscheidende Zünglein an der Waage sein, welches zu Gunsten ihres Vaters wog. Michaela war der Verzweiflung nahe. Wieder einmal hatte ihr Versuch, sich aus der Sache zurückzuziehen, sie nur noch tiefer in den Schlamassel gezogen.

Michaela folgte einer erneuten Einladung in Kanters Haus. Sie freute sich auf den Abend, hatte aber auch gehörige Bauchschmerzen. Schließlich wußte sie, daß dieser Abend nicht dem reinen Privatvergnügen diente. Walter Kanter verfolgte ganz bestimmte Interessen.

»Mein Vater scheint einen Narren an dir gefressen zu haben«, begrüßte Tanja ihre Freundin lächelnd.

Nun kam auch Walter Kanter. »Ah, Frau Dietz, guten Abend.«

Wie gewohnt begann man mit einem Aperitif. Beim Essen brach Tanjas Vater heute jedoch die goldene Regel, welche das Thema Arbeit vom Gespräch ausschloß. Während sie auf das Dessert warteten, wandte er sich an Michaela. »Tanja erzählte mir, Sie arbeiten als Assistentin im Management. Das interessiert mich. Was machen Sie genau?«

»Ach, alles und nichts. Ich springe immer dort ein, wo Not am Mann ist. Die typische Lückenbüßerin.« Michaela behagte das Theater ganz und gar nicht. Sie sah zu Tanja. Die lächelte ihr arglos zu.

Sie schaute wieder zu Kanter. Auch der lächelte. »Das klingt, als wären Sie nicht besonders zufrieden mit Ihrem Job.«

Michaela zögerte mit der Antwort. Sie hatten zwar nichts Konkretes abgesprochen, aber was Kanter von ihr erwartete, war klar. »Doch, eigentlich schon«, sagte sie unbestimmt.

»Eigentlich?« griff Kanter das Stichwort auf. »Was fehlt?«

»Ich würde gern etwas mehr Verantwortung übertragen bekommen«, antwortete Michaela wahrheitsgemäß. »Aber als Frau im Management wird man oft zurückgesetzt.«

Walter Kanter hielt einen Augenblick verblüfft inne. Er hatte die Anspielung verstanden. »Das geschieht sicher nicht bewußt«, verteidigte er sich.

»Bewußt oder nicht. Sie glauben gar nicht, wie tief verwurzelt die guten, alten Vorurteile sind. Auch bei Frauen übrigens«, räumte Michaela ein. »Ich habe mal eine Verhaltensstudie darüber gelesen.«

Kanter räusperte sich. »Äh ja, das klingt nicht ganz aus der Luft gegriffen. Nun, warum bewerben Sie sich nicht einmal in meinem Unternehmen? Wir suchen immer Mitarbeiter, die bereit sind, Verantwortung zu übernehmen. Das Hotelgewerbe bietet viele Herausforderungen. Glauben Sie mir.«

Tanja folgte dem Gespräch zwischen ihrem Vater und Michaela mit augenscheinlichem Interesse.

»Das ist ein nettes Angebot«, sagte Michaela jetzt. »Aber ich kann es nicht annehmen. Ich würde mich schämen, Nutznießerin meiner Freundschaft zu Tanja zu sein.«

Kanter sah sie verdattert an. So war das nicht geplant. Warum ließ seine Verbündete den Ball einfach fallen, statt ihn aufzufangen und weiterzuspielen?

Ganz unerwartet sprang Tanja ihrem Vater helfend zur Seite. »Was für ein Quatsch. Als ob du das nötig hättest.«

Kanter lächelte zufrieden. »Da hören Sie es, Frau Dietz. Aber Sie müssen natürlich nicht sofort antworten. Denken Sie darüber nach.« –

Tanja brachte Michaela wie gewohnt zur Tür. Das Taxi wartete bereits.

»Was sagst du zu dem Angebot meines Vaters?« fragte sie.

»Das hat er sicher nicht ernst gemeint.«

»Da kennst du ihn schlecht. Er macht solche Angebote nicht leichtsinnig.«

»Dann bleibt es dabei. Ich kann es nicht annehmen.«

Tanja lächelte sanft. »Meinetwegen mußt du nicht verzichten.«

»Aber ich weiß doch, wie du zur Firma deines Vaters stehst. Es wäre ... wie ein Verrat gegenüber dir.« Michaela strich flüchtig über Tanjas Wange. »Das würde mir irgendwie den Spaß an dem Job verderben.« Es gelang Michaela, ihrer Stimme einen heiteren Klang zu verleihen.

»Ich will nicht, daß du meinetwegen ablehnst. Das würde *mir* auf der Seele liegen. Wenn du denkst, das Angebot ist eine gute Chance, dann greif zu!«

Michaela seufzte. »Es ist ein gutes Angebot.« *Allerdings eines, das ich bereits vor drei Jahren bekam.* »Die Hotelkette deines Vaters genießt in der Branche den Ruf eines soliden Unternehmens mit hohem Serviceniveau und familiärem Flair.«

»Das ist mir bekannt«, sagte Tanja lächelnd. »Daß ich die

Firma nicht übernehmen will, heißt nicht, ich weiß nichts über sie. Aber woher weißt *du* das?«

»Ich habe mich erkundigt«, erwiderte Michaela unbeholfen. Sie kam sich kläglich vor, schämte sich ihrer Feigheit, die sie immer wieder zwang, sich zu verstellen.

»Weil du dich dafür interessierst«, stellte Tanja sachlich fest. »Also schreib deine Bewerbung.«

10.

Michaela huschte an Kanters Sekretärin vorbei in sein Büro. Der wartete schon ungeduldig auf sie. Ohne Einleitung kam er gleich zur Sache.

»Hamburg rief an. Petermann, den ich an Tanjas Stelle als Wirtschaftsdirektor entsendet habe, tut sich schwer.« Kanters Finger klopften auf die Schreibtischplatte und zeigten an, wie unzufrieden er darüber war. »Er findet nicht die richtige Balance zwischen Objektivität und Gespür im Umgang mit den Kollegen. Es kommt zu unnötigen Reibereien, besonders mit dem weiblichen Personal. Anscheinend gab es da auch eine kurze Affäre und nun . . . na ja. Die Hoteldirektion möchte Petermann ersetzen. Und ich auch.«

»Tanja ist noch nicht soweit. Sie wird nach wie vor ablehnen«, warf Michaela ein.

»Ich weiß. Deshalb werden Sie nach Hamburg gehen.«

»Ich?« Michaela schniefte zufrieden. *Das hättest du leichter haben können, hättest du mich gleich hingeschickt,* dachte sie.

»Sie werden die Aufgabe wie gewohnt mit Bravour meistern. Die letzte vor Ihrer neuen Position als Hotelmanagerin.«

Ja! Michaela, du hast es geschafft! stellte sie zufrieden fest.

Sie horchte in sich hinein. Wo blieb die Freude eingedenk dieser guten Neuigkeit? Die Erleichterung? Das war es doch, was sie gewollt hatte. Statt dessen rauschte der Gedanke durch ihren Kopf: Tanja würde sie sicher vermissen.

Und du? fragte sie sich. *Wirst du Tanja vermissen?*

Michaela stutzte. Welch seltsame Frage. Seit wann spielte Tanja eine solche Rolle in ihrem Leben, daß sie auf den Gedanken kam, sie vermissen zu können? Sie mochte Tanja, ja. Aber um jemanden zu vermissen, mußte man den Menschen schon sehr, sehr, sehr mögen.

»Wann soll ich nach Hamburg fahren?« fragte Michaela in geschäftsmäßigen Ton.

»Gleich nach dem Wochenende. Sie beginnen am Montag.«

»Also zwei Tage zur Vorbereitung.«

»Brauchen Sie länger?«

»Nein. Aber ... was wird mit Tanja? Sie wird sehr enttäuscht sein, wenn ich nicht mehr hier bin.«

Bist du verrückt, Michaela? Warum sagst du das? Was, wenn er jetzt jemand anderen nach Hamburg schickt? Oder noch schlimmer, die Stelle auf Gomera anders vergibt? Seit wann legst du dir selbst Steine in den Weg? Das taten normalerweise andere.

Kanter zögerte. »Ja, da haben Sie wohl recht.«

O nein! Er sucht in Gedanken schon nach einem Ersatz für mich!

Kanter musterte Michaela nachdenklich. »Aber darauf kann ich keine Rücksicht nehmen. Sie sind die Beste für den Job. Außerdem, ich schicke Sie doch nicht nach London oder New York. Hamburg ist nur drei Autostunden von Berlin entfernt. Sie sind ja nicht aus der Welt.«

Ja, noch nicht. Zum ersten Mal kam Michaela der Gedanke, daß sie auch etwas zurückließ, wenn sie ihre neue Stelle im Ausland antreten würde.

»Hamburg?« echote Vanessa. Sie saßen gemeinsam beim Abendessen. Michaela hatte ihr gerade die Neuigkeit unterbreitet. »Meines Wissens liegen die Kanarischen Inseln in der entgegengesetzten Richtung.«

Michaela unterdrückte das Verlangen, sich die Ohren zuzuhalten. Sie konnte die Worte »Gomera« und »Kanarische Inseln« nicht mehr hören. Trotzdem versuchte sie Vanessa zu besänftigen. »Das ist doch nicht fest. Nur eine Übergangslösung. Bis Tanja bereit ist, Hamburg zu übernehmen.«

Vanessa aß still weiter. Michaela wartete. Ein drückendes Schweigen legte sich zwischen sie, welches Vanessa schließlich mit der Feststellung beendete: »Ich war mir nicht im klaren darüber, daß die Sache ein solches Langzeitprojekt ist. Da können ja noch Monate vergehen.«

Michaela sah Vanessa an. »Komisch. Ich dachte, du würdest dir eher Sorgen darüber machen, daß wir uns weniger sehen, wenn ich in Hamburg bin. Ich kann nur jedes zweite Wochenende nach Hause kommen. Du könntest mich natürlich das andere Wochenende in Hamburg besuchen. Trotzdem bleibt uns wenig Zeit zusammen.«

Vanessa seufzte. »Natürlich werde ich dich vermissen. Aber du wirst doch verstehen, daß ich enttäuscht bin, noch so lange warten zu müssen. Nur das habe ich gemeint.«

»Ja, sicher.« Michaela fühlte sich ernüchtert. Wenn Vanessa enttäuscht war, warum dann nicht wegen der räumlichen Trennung von ihr?

»Hamburg?« fragte auch Tanja. »Aber dann können wir uns ja kaum noch sehen.« Ihre Stimme klang enttäuscht.

Michaela stellte fest: Das wäre eigentlich Vanessas Satz gewesen. Sie lächelte weich.

Tanja trug wie gewohnt ihr Herz auf der Zunge. »Und ich habe dir auch noch geraten, diesen Job anzunehmen«, fügte Tanja deprimiert hinzu. »Kann Vater niemand anderes schicken? Er weiß doch, wie sehr ich dich mag.«

Wie viele der Gäste hier im Café ließen auch Michaela und Tanja ihre Shoppingtour gemütlich ausklingen. Michaela rührte in ihrem Cappuccino. »Dein Vater bietet mir eine super Chance. So eine Stelle wird eigentlich nicht an Neueinsteiger vergeben. Er tut es sicher auch deinetwegen, um dir zu zeigen, wie sehr er dich mag.«

»Komische Art, das zu zeigen. Ich könnte es auch so auffassen, als gönne er mir meine neue Freundin nicht.«

»Hamburg ist nicht aus der Welt«, griff Michaela Kanters Worte auf. »Du kannst mich dort besuchen.« In dem Moment, in dem sie das sagte, wurde Michaela klar, daß es da ein kleines Problem gab. *Wie stellst du dir das vor? Sollen Vanessa und Tanja eine Fahrgemeinschaft bilden? Vanessa wird sich schön verbitten, das Wochenende zu dritt zu verbringen.*

»Du wirst in der Woche keine Zeit haben. Und am Wochenende wird Vanessa dasein«, erkannte auch Tanja. Resigniert stellte sie fest: »Und wieder mal nimmt mir das Familienunternehmen, was mir lieb und teuer ist.«

Michaela schwieg betreten. Ja, so mußte es sich für Tanja darstellen. Und das würde garantiert nicht dazu beitragen, ihre Einstellung zur Firma zum Positiven zu ändern. Hatte Walter Kanter das übersehen?

»Wir können zusammen telefonieren oder mailen«, versuchte Michaela Tanja zu trösten. Und irgendwie auch sich selbst. Denn ja, sie würde Tanja vermissen. Dieses Eingeständnis mußte Michaela machen.

»Ich will aber mehr. Ich will in deiner Nähe sein«, gestand Tanja kläglich. Sie rührte mit gesenktem Kopf in ihrem Milchkaffee.

»Ich werde so oft wie möglich an den Wochenenden nach Berlin kommen. Dann sehen wir uns. Versprochen.« Michaela schenkte Tanja ein aufmunterndes Lächeln.

»Wie oft wird das sein?« wollte Tanja wissen.

»Mindestens alle vierzehn Tage.«

»Vierzehn Tage? Und wenn was dazwischen kommt? Vier Wochen?«

»Das könnte passieren«, räumte Michaela ein.

Doch war das eigentliche Problem nicht ein ganz anderes? Mit ernster Miene sagte Michaela: »Tanja. Du darfst dich nicht so an mich klammern.« *Schon wegen der Tatsache, daß ich deine Zuneigung nicht verdiene.*

Tanja schaute Michaela groß an. »Wieso? Ist dir das unangenehm?«

»Aber nein. Es ist nur – so fühle ich mich notgedrungen für dich verantwortlich.« *Zumal mein schlechtes Gewissen sein übriges dazu tut!*

Tanjas fragender Blick ruhte immer noch auf Michaela. »Verantwortlich? Wie meinst du das?«

Ja, wie meinst du das, Michaela? Wie sollte sie Tanja ihr Dilemma erklären? Sie fühlte sich verantwortlich für Tanjas emotionales Befinden. In den letzten Wochen hatte sie Tanja manipuliert, teilweise gewollt, teilweise ungewollt, und damit deren Leben in neue Bahnen gelenkt. Tanja machte neue Erfahrungen. Sie war aber nach wie vor sehr verletzlich. Die neue, heile Welt konnte schnell zusammenstürzen. Dann würde sich Tanja wieder zurückziehen und noch unerreichbarer sein als zuvor. Und mit dieser Verantwortung müßte sie dann leben.

Michaela versuchte Tanja ihren Zwiespalt so gut es ging zu erklären. »Solange ich deine einzige Freundin bin, lastet auch alle Verantwortung auf mir. An jedem Erfolg, aber besonders an jedem Mißerfolg habe ich irgendwie Anteil, weil du dich nach meinem Rat richtest. Und jetzt, wo ich nach Hamburg gehe, fällt es mir schwer, weil mir der Gedanke zusetzt, wie einsam du dich fühlen wirst. Es wäre leichter für mich, wenn ich wüßte, da sind noch andere Freunde, die dich auffangen.«

Tanja schaute betroffen drein. »Das tut mir leid. Ich will nicht, daß du dich meinetwegen schlecht fühlst. Keine Angst, ich finde mich schon zurecht. Das habe ich doch immer getan. Nur ist es mit dir eben schöner. Das war alles, was ich sagen wollte.«

Michaela wußte, daß das nicht stimmte. Sie sah es Tanjas blassem Gesicht an, ihrer Körperhaltung, dem Ausdruck ihrer Augen. Tanja log für sie, aber leider nicht besonders gut. Und sie fand es unheimlich süß von Tanja, die sich normalerweise lieber die Zunge abbiß, bevor eine Lüge über ihre Lippen kam.

In Gedanken an Tanjas traurige Augen fuhr Michaela nach Hause, wo sie sich schon mal daran machte, ihre Sachen zu packen. Vanessa sah ihr gelassen dabei zu.

Michaela kam eine Idee. »Was meinst du? Vielleicht sollte ich ein kleines Abschiedsessen geben?« Ja, sie würde Jana und ein paar andere Freundinnen einladen, und Tanja natürlich. Die Idee gefiel Michaela, besonders daß sie dann vor ihrer Abreise Tanja noch einmal sehen würde.

»Wenn du unbedingt willst«, stimmte Vanessa wenig begeistert zu. »Allerdings halte ich es für etwas übertrieben, so einen Aufriß zu machen. Du gehst für eine Weile nach Hamburg, na und?«

Michaela unterdrückte einen deprimierten Seufzer. Vanessa schien ihre Abreise ja förmlich herbeizusehnen. Zumindest betrachtete sie Michaelas Abreise sehr gelassen. Zu gelassen, wie sie fand. Fehlte nur noch, daß sie sagte: *Gott sei Dank, bald bist du weg.* Es schien Vanessa nichts auszumachen, die nächsten Wochen ihre Abende allein zu verbringen.

Aber wahrscheinlich würde sie die gar nicht allein verbringen. Sie würde im Gegenteil reichlich Abwechslung haben. Nun brauchte sie nicht einmal mehr Rücksicht zu nehmen und am nächsten Tag Michaelas Fragen zu beantworten.

Michaela beschlich ein ungutes Gefühl. Wie weit würde Vanessa im Genuß ihrer Freiheit gehen? Daß sie jede Menge Angebote hatte, daran zweifelte Michaela seit dem Abend in der Disco nicht mehr. Und wenn sie Jana und Tanja glaubte ...

Aber die beiden, besonders Tanja, kannten Vanessa lange nicht so gut wie sie, versuchte Michaela sich selbst zu beruhigen. Vanessa war nicht besonders sensibel, das mochte stimmen, aber das war lange nicht gleichbedeutend mit kalt.

Wie verschieden Vanessa und Tanja doch waren, kam es Michaela plötzlich in den Sinn. Vanessa, die große, schlanke, selbstbewußte Frau, mit enormem Drang zur Freiheit und Unabhängigkeit, attraktiv durch Schönheit und Gelassenheit.

Tanjas Attraktivität machte etwas ganz anderes aus. Sie war weniger groß, wirkte dadurch weniger schlank, und ihr krankes Bein paßte schon gar nicht in die übliche Schablone einer schönen Frau. Dafür strahlte Tanja Wärme aus, besaß einen klaren Blick für das, was sie umgab und scheute sich nicht, auszusprechen, was sie sah und empfand. Sie ließ Einsicht in ihre Gefühle zu. Etwas, das sich nicht viele trauten.

Das ist ja alles gut und schön, Michaela. Aber warum vergleichst du die beiden miteinander? Mit der einen Frau lebst du zusammen, und die andere . . . ja, was ist mit der anderen? Tanja, das vertrauensvolle, liebe Geschöpf. Tanja, die ihre Nähe vermißte und es offen zugab, während Vanessa sich nur Sorgen um die Verzögerung ihres Umzuges nach Gomera machte. Tanja, kleine süße Tanja. *Ich werde dich auch vermissen, viel mehr, als ich bisher annahm.*

Michaela seufzte tief. Vanessas forschender Blick rief sie zurück in die Gegenwart. »Aber ich werde wenig Zeit haben, meine Freunde zu besuchen, wenn ich nur gelegentlich am Wochenende hier bin«, erklärte Michaela ihrer Geliebten. Das mußte selbst Vanessa verstehen. Wo sie doch so viel Wert auf die Unternehmungen mit ihren Freundinnen legte.

»Na, so viele sind es nun auch wieder nicht. Und sonst seht ihr euch doch auch nicht jede Woche«, war Vanessas trockener Kommentar. »Außerdem ist es vielleicht auch ein bißchen kurzfristig, so von heute auf morgen«, gab sie zu bedenken.

»Wir werden sehen. Ich rufe Bea und Lilly an, und Jana natürlich. Und Tanja. Oder hast du was dagegen, wenn sie dabei ist?«

»Warum sollte ich?« Ein gleichgültiges Schulterzucken unterstrich Vanessas Antwort.

»Gut. Aber bitte verkneif dir diesmal so merkwürdige Anspielungen ihr gegenüber.«

Vanessa winkte ab. »Ja, ja.«

Michaela ließ Koffer Koffer sein und schnappte sich das Telefon. Bea, Lilly und Jana sagten sofort zu, nur Tanja, bei der

Michaela fest damit rechnete, daß sie kam, druckste am Telefon herum. »Ich weiß nicht. Ich kenne die anderen doch gar nicht.«

»Doch, du kennst Jana. Und Vanessa.«

»Ja, ich kenne Vanessa«, sagte Tanja mit deutlichem Unbehagen in der Stimme.

Michaela hatte es geahnt. Tanja lag ihre letzte Begegnung mit Vanessa noch im Magen. Bei den beiden paßte die Chemie offensichtlich nicht besonders gut zusammen.

»Ich habe Vanessa gesagt, sie soll dich in Ruhe lassen«, beruhigte sie Tanja.

»Und du glaubst, sie hält sich daran?« fragte Tanja skeptisch.

»Falls nicht, mußt du sie einfach in die Schranken weisen. Ich glaube sie wollte dich beim letzten Mal nur etwas schockieren, um zu sehen, wie du reagierst.«

»Warum? Was hat sie davon?«

Darauf wußte Michaela keine Antwort. Statt dessen sagte sie: »Bitte, komm doch, mir zuliebe.«

Tanja gab nach – und schaute Michaela verlegen an, als sie ihr am nächsten Abend gegenüberstand. »Entschuldige. Ich hoffe, du denkst nicht, ich kann Vanessa nicht leiden.«

»Aber nein.« Michaela lächelte. »Komm herein.«

Tanja überreichte Michaela eine Flasche Rotwein. »Bitte. Mit schönem Gruß von meinem Vater.«

Michaela führte Tanja ins Wohnzimmer, wo die anderen schon versammelt waren. »Das ist Tanja«, stellte Michaela sie vor. Und dann zu Tanja: »Jana und Vanessa kennst du ja schon. Bea ist die Dame in Weiß, an ihrer Seite Lilly.«

»Hallo«, sagte Tanja schüchtern.

Michaela ging in die Küche, um letzte Hand an das Essen anzulegen. Doch sie hatte vorgesorgt und Jana gebeten, sich ein wenig Tanjas anzunehmen. So würde Vanessa gar nicht erst in Versuchung kommen, Tanja in Verlegenheit zu bringen – hoffte sie.

Die Kruste des Schweinebratens war schön goldbraun und kroß, ganz wie es sein sollte. Nichts für Diätanhänger, dafür lecker. Michaela schaltete den Ofen aus und schnitt den Braten auf. Rotkohl und Kartoffeln gab sie in die vorgewärmten Schalen und trug alles zum Tisch, zum Schluß die Soße. »Ich bitte zu Tisch, solange das Essen warm ist.«

Man folgte ihrer Aufforderung. Während des Essens, das alle lautstark lobten, kam die Unterhaltung richtig in Gang.

»Was wirst du in Hamburg machen?« fragte Bea.

»Ich werde den derzeitigen Wirtschaftsdirektor ablösen.«

»Toll, endlich mal was mit eigenem Aufgabenbereich.«

Michaela fiel siedendheiß ein, daß ihre Arbeit ein schlechtes Gesprächsthema war. Wenn nämlich Bea oder eine der anderen irgendeine Bemerkung machte, die erkennen ließ, daß sie schon länger bei Kanter arbeitete, hätte sie Tanja gegenüber großen Erklärungsbedarf.

»Kinder, habt ihr keine anderen Themen als die Arbeit?« beeilte sie sich zu fragen. Sie sah verstohlen zu Vanessa.

»Tanja, was machst du jetzt eigentlich? Michaela erzählte mir, daß du dein Studium so super abgeschlossen hast«, sprang die ihr auch hilfreich bei. Allerdings fand Michaela ihren Ton etwas herablassend. Vanessas nächste Bemerkung war dann auch ziemlich kränkend. »Wirst du ein wenig in der Welt herumgondeln? Ihr müßt nämlich wissen, Tanja ist die Tochter von Michaelas Chef. Im Gegensatz zu uns muß sie sich um Job und Geld keine Sorgen machen. Sie genießt das Privileg, frei zu entscheiden, ob sie in der Firma ihres Vaters arbeiten will oder nicht.«

»Vanessa!« ermahnte Michaela.

»Nein, schon gut«, wehrte Tanja ab. »Du mußt mich nicht beschützen. Das kann ich selbst. Und Vanessa hat ja recht – oberflächlich betrachtet.«

»Oberflächlich?« fragte Vanessa pikiert. Das wollte sie nicht auf sich sitzen lassen.

Tanja lächelte in ihrer typischen zurückhaltenden Art. »Ja,

»Nein«, lautete Tanjas Antwort, synchron mit Michaelas.

Aber ob ja oder nein war für den Fahrer ohnehin kaum von Bedeutung, denn fast in einem Atemzug mit der einen Frage stellte er schon die nächste: »Möchten Sie vielleicht ein wenig über die Geschichte der Stadt erfahren? Ich kann auch einen Umweg über die Altstadt machen.«

»Gern«, erwiderte Tanja höflich.

Flemming Rasmussen nickte begeistert und begann mit detaillierten Zahlen und Fakten die Geschichte Kopenhagens und Dänemarks zu erzählen.

Nach dem mehr als ausführlichen Vortrag interessierte Tanja vor allem die Frage: »Wo haben Sie so gut Deutsch sprechen gelernt?«

»Dänemark betrachtet Deutschland heute als einen der wichtigsten Handelspartner. Obwohl Deutsch nur ein Wahlfach an der Schule ist, lernen es deshalb die meisten ab der Mittelstufe. Aber ich habe auch einige Jahre in Deutschland gelebt, als Bauarbeiter, gleich nach dem Mauerfall.«

Sie kamen vor dem Hotel an. Hier gab es keinen Portier, die Atmosphäre in der Eingangshalle war weniger gedämpft als in London und die Einrichtung sehr viel moderner. Ein junger Mann im Anzug kam ihnen freundlich lächelnd entgegen, stellte sich vor. »Asger Nielsen. Guten Tag, Frau Kanter.« Er wartete nicht, bis Tanja ihm Michaela vorstellte, sondern wandte sich direkt an sie. »Guten Tag, Frau ...?«

»Dietz«, half ihm Michaela.

Er lächelte. »Hatten Sie einen guten Flug?«

»Ja.«

»Leider ist das Wetter heute nicht sehr freundlich. Wenn Sie noch einen kleinen Spaziergang in der Stadt machen wollen, empfehle ich Ihnen, den Regenschirm mitzunehmen. Oder möchten Sie sich lieber das Hotel ansehen? Ich begleite Sie gern. Fragen Sie einfach an der Rezeption nach mir. Ihre Zimmer sind die 506 und 507.« Er überreichte sowohl Tanja als auch Michaela einen Schlüssel. »Möchten Sie hinaufgehen und den Reisestaub abschütteln?«

Kein pompöser Empfang, kein Programm, keine verschiedenartigen Zimmer. Ein deutlicher Unterschied zu London, registrierte Tanja. Andere Länder, andere Sitten.

»Das Abendessen ist für neunzehn Uhr im Restaurant bestellt«, verkündete Nielsen. »Der Hoteldirektor freut sich darauf, Sie persönlich zu begrüßen.«

Na, nun aber doch noch ein wenig konservativ, schmunzelte Tanja in sich hinein. Nicht, daß sie es vermißt hätte.

Bis zum Abendessen waren es noch zwei Stunden. Tanja nutzte die Zeit, um sich ein paar Notizen zu ihrem Besuch in London zu machen. So zeitnah wie möglich, bevor alles verblaßte und mit anderen Eindrücken verschwamm.

Viertel vor sieben klopfte es an die Tür. Tanja stand gerade vor dem Spiegel im Gang, musterte sich kritisch. »Ja«, rief sie.

Die Tür des Zimmers wurde geöffnet. Michaela stand im Türrahmen. Ihr Blick fiel automatisch auf Tanja, die nur einen Meter von ihr entfernt stand. Ein *warmer* Blick, wie Tanja irritiert registrierte. Doch noch ehe sie sich vergewissern konnte, ob sie sich getäuscht oder wirklich Zärtlichkeit darin gelegen hatte, war der Schimmer aus Michaelas Augen verschwunden. *Falls er da war, kann es dir egal sein. Michaela will dich so doch nur weich machen.*

»Wollen wir gehen?« fragte Michaela.

Tanja nickte, sie gingen zum Fahrstuhl. Man traf sich im Foyer des Restaurants.

»Henning Hjort«, stellte sich der Hoteldirektor vor. Außer ihm waren noch zwei weitere Personen anwesend. »Meine Frau Grethe«, er zeigte auf die Frau neben sich. Dann deutete er auf den jungen Mann, der sie im Hotel empfangen hatte. »Asger haben Sie bereits kennengelernt. Unser Front Office Manager.«

Sie gingen alle zusammen ins Restaurant, eine Kellnerin

begleitete sie zu ihrem Tisch.

»Wie geht es Ihrem Vater, Frau Kanter? Ist er gesund?« begann der Hoteldirektor mit den allgemeinen Höflichkeiten.

Tanja nickte. »Ja, es geht ihm sehr gut.«

»Grüßen Sie ihn von mir.«

»Das werde ich tun.«

Die Vorspeise wurde serviert, gedünsteter Lachs mit Spargelspitzen, dazu Weißwein.

»Wie gefällt Ihnen Kopenhagen?«

»Was ich bisher davon gesehen habe, sehr gut.«

»Sie sollten die Kanalrundfahrt machen. Die Tour dauert nur etwa eine Stunde, aber Sie erleben die verschiedensten Facetten der Stadt: Amalienburg, Nyhavn, das neue Opernhaus. Es gibt Anlegestellen, von denen man einfach auf die Boote zusteigen kann. Probieren Sie es.«

»Ich werde es mir überlegen.«

»Nein, nein, nicht überlegen!« Hjort lachte. »Tun Sie es!«

Tanja mußte lächeln. Erst der geschichtenerzählende Fahrer, nun ein architekturbegeisterter Direktor. Waren alle Dänen so – enthusiastisch?

»Ich fürchte nur, ich werde in den nächsten Wochen so überladen mit Eindrücken, daß ich die vielen schönen Dinge gar nicht genießen kann. Gestern London. Heute und morgen Kopenhagen, übermorgen Amsterdam, danach ... ich weiß nicht mal, was danach kommt.«

»Madrid«, half Michaela ihr aus.

So plätscherte das Gespräch bis zum Hauptgang dahin. Der bestand aus zwei zarten Scheiben Rinderbraten – rosarot, Kartoffeln in brauner Soße und einer Gemüsebeilage. Die Soße fand Tanja eher gewöhnungsbedürftig. Sie fragte sich, was der Koch mit dem Bratensud gemacht hatte, denn sie schmeckte nach gar nichts. Doch um nicht unhöflich zu sein, aß Tanja den Teller blitzblank. Der Kellner kam, um nachzulegen. Tanja seufzte unhörbar, nahm einen kleinen Nachschlag. Vom zum Hauptgericht gereichten Rotwein ließ sie sich dagegen gern nachschenken.

»Wie mir Ihr Vater erzählte, sind Sie gerade mit Ihrem Studium fertiggeworden«, sagte Hjort jetzt. »Was haben Sie sich denn nun vorgenommen?«

»Zuallererst einmal, mich nicht einfach nur von meinem Vater dirigieren zu lassen. Ich werde meine Meinung sagen, auch – nein: besonders, wenn sie seiner nicht entspricht.«

Hjort lächelte. »Ich kann mir vorstellen, daß da einige Diskussionen auf Sie zukommen werden. Ich kenne Ihren Vater, und soviel weiß ich: Er ist nicht so leicht von seinem Standpunkt abzubringen.«

Tanja lächelte zurück. »Das brauchen Sie *mir* nicht zu sagen.«

»Haben Sie denn schon Dinge entdeckt, die Sie anders machen würden als Ihr Vater?« fragte Hjort interessiert.

Tanja spürte keinerlei Widerstand oder Unbehagen von ihm ausgehen, wo sie doch praktisch Umgestaltungen ankündigte. Und Umgestaltungen bedeuteten immer auch Unbequemlichkeiten. Entweder hatte Hjort keine Probleme damit oder keine Befürchtungen, daß es ihn wirklich hart treffen konnte. Saß sie hier einem Verbündeten gegenüber? Zumindest war Hjort kein Widersacher.

»So schnell geht das nicht«, sagte Tanja bescheiden. »Ich muß mir erst ein Bild machen. Wenn Sie nichts dagegen haben, würde ich auch Ihnen gern ein paar Fragen stellen.«

»Bitte fragen Sie.«

»Jetzt?« staunte Tanja.

»Aber ja. Warum nicht? Wenn ich Ihnen eine Frage nicht beantworten kann, kann Asger es. Schließlich ist das hier kein privates Essen. Und Ihre Zeit bei uns ist knapp bemessen.«

Tanja tat es. Sie fragte, Hjort antwortete. Bereitwillig und offen.

Gelegentlich warf Tanja einen Blick zu Michaela. Die folgte dem Gespräch aufmerksam. Immer noch lag Skepsis auf Michaelas Gesicht. Die Frage: Ist es dir wirklich ernst mit dem, was du tust?

Das ärgerte Tanja. Auch wenn es nur ein Gesichtsausdruck war. Wie konnte Michaela nur annehmen, sie würde ihren persönlichen Streit auf dem Rücken der Firma austragen? Ihren Frust an anderen ablassen, wie Michaela es formulierte.

Michaela sollte sich lieber an die eigene Nase fassen und sich fragen, wie sie damit klarkam, andere für ihre Karriere zu benutzen. So herum wurde wohl eher ein Schuh draus.

Das Dessert kam, und es entschädigte Tanja für den mittelmäßigen Hauptgang. Der Dessertwein schmeckte ihr besonders. Leider wurde es in ihrem Kopf langsam schwummrig. Gut, daß sich das Gespräch wieder allgemeinen Themen zuwandte und Hjort fast die ganze Zeit sprach. Tanja mußte nur gelegentlich nicken.

Als Hjort sich – endlich – erhob, sah es so aus, als wäre der Abend beendet. Immerhin saßen sie hier schon geschlagene zweieinhalb Stunden. Tanja legte sich eilig ein paar freundliche Abschiedsworte zurecht, bis sie merkte, daß Hjort seine Gäste nicht hinausführte, sondern lediglich zu einem anderen Teil des Restaurants, wo ein Tisch zum Kaffee eingedeckt war. Man setzte sich erneut. Tanja seufzte still in sich hinein. Hier brauchte es eindeutig gutes Sitzfleisch. Eine Kellnerin brachte Kaffee und Tee, eine andere schenkte wahlweise Kognak oder Likör in Gläser ein. Gebäck wurde gereicht. Doch auch dieser Teil des Abends war, wie sich herausstellte, nicht der letzte. Im Anschluß an den Kaffee brachte der Kellner ein Tablett mit Getränken.

»Was möchten Sie? Bier oder lieber Limonade?« fragte Hjort.

»Limonade, bitte«, seufzte Tanja. *Und ein Aspirin für morgen früh,* hätte sie am liebsten hinzugefügt. Doch das Problem mußte sie wohl selbst lösen, wenn es soweit war. *Na ja, immerhin habe ich eine Assistentin, die sich darum kümmern kann. Ei-*

ne die mir sowieso nichts zutraut. Da paßt es ja prima ins Bild, wenn ich morgen mit einem verkaterten Schädel aufwache und um Hilfe rufe.

Tanja ärgerte sich über sich selbst, daß sie nicht besser Maß gehalten hatte. Wo sie doch wußte, daß sie nicht viel vertrug. Wenigstens half die kalte Limonade etwas.

»Dreieinhalb Stunden Abendessen!« seufzte Tanja auf dem Weg zu ihrem Zimmer neben Michaela. »Mir ist etwas schwindelig. Dieser ungewohnte Mix von Weinen, Spirituosen und Kaffee ist daran schuld.«

Michaela schmunzelte. »Ging mir beim ersten Mal auch so. Du hättest mehr Wasser zum Wein trinken sollen.«

»Das sagst du mir jetzt?« Tanja schwankte leicht.

Michaela stützte sie schnell. »Ich dachte, das wüßtest du.«

»Nein, das wußte ich nicht.«

Michaela führte Tanja ins Zimmer. »Geht es wieder?«

»Ja, ja, ich bin ja nicht betrunken. Nur müde.« Tanja setzte sich in einen der Sessel.

Michaela sah besorgt auf sie hinunter. »Die vergangenen beiden Tage waren sehr anstrengend. Du legst dich am besten gleich hin und schläfst dich richtig aus.« Sie strich Tanja leicht über die Schulter. »Brauchst du noch irgend etwas? Ein Glas Wasser vielleicht?«

Tanja fühlte sich nicht gerade in Höchstform. Das legte sich auf ihre Kräfte. Auch auf den Teil, der dazu diente, ihre Wut auf Michaela zu nähren und ihre Hilfe brüsk abzulehnen. »Ja, bitte«, sagte sie deshalb.

Michaela ging ins Bad, füllte ein Glas mit Leitungswasser, kam zurück zu Tanja, reichte es ihr. »Hier.«

»Danke.« Tanja nahm das Glas, trank es halb aus.

»Besser?« fragte Michaela.

»Ein wenig.«

»Wo ist dein Schlafanzug? Kannst du ins Bad gehen und dich umziehen?«

»Natürlich.«

Tanja stand auf. Während sie sich im Badezimmer umzog, schlug Michaela ihr das Bett auf, schaltete die Deckenbeleuchtung aus und die Bettlampe an. Dann ging sie zum Fenster, schaute hinaus.

Sie hörte, wie Tanja die Badezimmertür öffnete und wieder schloß, das Rascheln der Bettdecke, als sie ins Bett krabbelte. Als alles ruhig war, drehte Michaela sich um. Sie nahm das Glas Wasser, das auf dem Tisch stand, und ging es auffüllen. Dann stellte sie es auf den kleinen Beistelltisch neben Tanjas Bett.

Tanja griff nach Michaelas Hand. »Danke«, sagte sie tonlos. Ihre Wut auf Michaela war für den Moment verschwunden.

Michaela lächelte müde. »Dazu ist eine Assistentin schließlich da.«

Tanja hielt immer noch Michaelas Hand. Wie von selbst lösten sich die Worte von Tanjas Lippen: »Ich liebe dich.« Ihre Stimme war nur ein Flüstern. »Aber . . .« Tränen traten in Tanjas Augen. ». . . ich kann dich nicht mehr lieben.«

Michaela schloß die Augen. »Ja, ich weiß.«

17.

Der nächste Tag brachte Michaela die Erkenntnis, daß Tanja ihre Schwäche vom Vorabend vergessen hatte. Sie verhielt sich ihr gegenüber wieder kühl und distanziert.

»Wie sieht der heutige Tagesablauf aus?« fragte Tanja beim Frühstück geschäftsmäßig. Sie bemühte sich, Michaela nicht merken zu lassen, daß in ihrem Kopf ein schmerzender Druck saß. Nicht stark schmerzend, aber penetrant genug, ihre Konzentration zu beeinträchtigen.

»Es ist nichts festgelegt«, sagte Michaela. »Bis zu unserem Weiterflug nach Amsterdam heute nachmittag hast du keinerlei Verpflichtungen, wenn du das meinst. Aber natürlich jede Menge Möglichkeiten.«

Tanja schaute Michaela fragend an. »Das heißt? Was erwartet man von mir?«

»Man erwartet nichts weiter, als daß du selbst sagst, was du tun willst.«

»Dann werde ich Asger Nielsens gestriges Angebot annehmen und ihn bitten, uns das Hotel zu zeigen.«

»Gute Entscheidung.«

Im Kopenhagener Hotel war man nicht nur offener, sondern auch zeitnaher als im Londoner. Das Angebotsspektrum war deutlich breiter.

Asger Nielsen führte Tanja und Michaela zuerst in den Wellnessbereich. »Allen, die es heiß mögen, ist unsere finnische Sauna zu empfehlen.« Er öffnete eine Tür – und sie standen in einer Holzhütte. Hätte man denken können, denn Seitenwände und Decke waren aus dicken Baumstämmen, ein aus Natursteinen gemauerter mächtiger Kamin nahm die Wand gegenüber der Eingangstür ein, Pritschen an den Seitenwänden, all das vermittelte die Atmosphäre einer echten finnischen Saunahütte. Nur der elegante Fliesenboden anstelle von Holzdielen ließ erkennen, daß es sich um eine Nachbildung handelte.

»Wie Sie sehen, hier können unsere Gäste sich in behaglicher Atmosphäre entspannen, wenn sie nach einem anstrengenden Konferenztag oder ähnlichem Körper und Geist Ruhe gönnen möchten.«

Nielsen führte sie weiter, in einen anderen Raum, eine Halle. »Unser Schwimmbad gleich hier, ein fünfundzwanzig Meter Sportbad, dreißig Grad Wassertemperatur. Darin integriert ein extra Whirlpool. Wir haben auch einen Massageraum. Aber Massagen müssen bestellt werden, weil der Physiotherapeut vom nahegelegenen Fitneßstudio kommt. Sportaktiven Gästen können wir ein Sonderangebot dieses Fitneßcenters anbieten, mit dem wir eine Vereinbarung haben.«

»Sie haben ja wirklich für jeden etwas im Angebot.«

»Das hoffen wir. Der Plan für die nahe Zukunft sieht übrigens die Erweiterung des Solariums vor.«

Der Rundgang wurde im Restaurant und Küchenbereich fortgesetzt, anschließend war der Service dran, und zum Schluß präsentierte Asger Nielsen seinen Bereich, das Front Office. Was sie sah, rundete bei Tanja den positiven Eindruck ab, den sie im Gespräch mit Hjort am Abend zuvor bekommen hatte.

Nach dem Mittag entschloß Tanja sich, die von Hjort angepriesene Kanalfahrt zu machen. Ihr Flug ging erst in drei Stunden. Sie gab Michaela Bescheid, daß sie sich am Flughafen treffen würden.

»Ich finde es nicht gut, wenn du allein losgehst.«

»Warum? Was soll passieren?«

Michaela ahnte, worin Tanjas Problem bestand. »Wenn du nicht willst, daß ich mitkomme, dann fragen wir Nielsen. Er ist sicher gern bereit, dir Gesellschaft zu leisten.«

»Er wird sich nur wundern, warum ich ihn bitte, während du im Hotel rumsitzt.«

»Sag ihm, ich werde schon beim Anblick von Wasser seekrank.«

»Das ist doch völlig überflüssig.« Tanja winkte ärgerlich ab. »Ich kann sehr gut allein gehen. Man wird mich schon nicht wegfangen.«

Michaela schüttelte rigoros den Kopf. »Keine Diskussion. Entweder ich oder Nielsen.«

Tanja stöhnte. »Also gut. Mach alles klar, damit unsere Sachen zum Flughafen gebracht werden, und dann nehmen wir ein Taxi.«

Tanja hätte Nielsens Gesellschaft vorgezogen, wollte aber vermeiden, daß der falsche Eindruck entstand, sie hielte sich für etwas Besseres, wenn sie mit Asger Nielsen durch die Gegend gondelte, während ihre Assistentin im Hotel blieb.

Bei ihrem Rundgang im Hotel fiel Tanja nämlich auch auf, daß sich alle Angestellten mit »Du« ansprachen, vom Zimmermädchen bis zum Manager. Was nichts mit flachsem Umgangston oder gar mangelndem Respekt zu tun hatte. Tanja vermittelte sich das Gefühl einer Gemeinschaft. Nielsen stellte sie auch immer mit Vor- und Zunamen vor, nie mit Frau Kanter. Tanja ging auf, daß Hjort und Nielsen sie so anredeten, weil sie die deutschen Gewohnheiten kannten. In den kurzen Gesprächen mit dem anderen Personal – die meisten sprachen etwas Deutsch – wurde auch Tanja geduzt. Was sie als merkwürdig empfand.

Eingedenk dieser Beobachtungen entschloß Tanja sich jedenfalls, es wäre besser, den Ausflug mit Michaela zu machen statt mit Nielsen. Sie mußte ja nicht mit ihr reden.

Die Kanalrundfahrt bot sehenswerte Architektur, und für den, den das weniger interessierte, doch zumindest Abwechslung.

Als der Motor des Bootes zu stottern begann, registrierte

Tanja es nur nebenbei, so vertieft war sie in ihre Betrachtungen. Sie beachtete auch nicht, wie der Bootsführer dem Tourguide das Ruder überantwortete, zum Motor ging und herumzuhantieren begann. Erst als der Guide mit seinen Erklärungen innehielt, weil er sein gesamtes Wissen von sich gegeben hatte, entstand eine deutlich fühlbare Unterbrechung.

Zehn Minuten später die Mitteilung: Motorschaden. Man mußte auf einen Schlepper warten.

Michaela sah nervös auf die Uhr. Wie lange würde das dauern? Eine Stunde, zwei? Dieser Zwischenfall ließ sie noch ihren Flug verpassen. Das brachte den ganzen Zeitplan in Unordnung. »Ich ruf mal den Flughafen an, ob es noch einen späteren Flug nach Amsterdam gibt und wir gegebenenfalls umbuchen können.«

Tanja nickte nur. Die Verzögerung berührte sie nicht sonderlich.

Michaela nahm ihr Handy. »Verdammt, ich habe ja nicht die Nummer. Gibt es hier 'ne Auskunft?«

Während Michaela versuchte logistische Probleme zu lösen, schaute Tanja blinzelnd in die Sonne und gelegentlich zu Michaela, die geschäftig herumtelefonierte. Schließlich steckte Michaela ihr Handy ein. »Die nächste Maschine nach Amsterdam geht erst morgen, aber da ist alles ausgebucht.«

»Vielleicht schaffen wir es ja noch«, meinte Tanja gelassen.

Michaela, die während des Telefonierens den schmalen Gang zwischen den Sitzreihen auf und ab gelaufen war, setzte sich wieder neben Tanja. »Vorläufig sitzen wir jedenfalls fest.« Sie machte ein zerknirschtes Gesicht. Aber ob sie sich darüber aufregte oder nicht, das änderte nichts, konstatierte sie und ermahnte sich zur Ruhe.

Darüberhinaus – denk doch mal nach, Michaela! Das hier ist *die* Gelegenheit. Tanja sitzt neben dir. Du wolltest ihr schon die ganze Zeit erklären, warum du getan hast, was du getan hast, aber Tanja wollte es nie hören. Sie hat dich immer abgewiesen, weggeschickt oder einfach stehengelassen. Dieser Kahn hier ist nur etwa vier Meter breit und höchstens fünfzehn Meter lang. Tanja kann dich weder wegschicken noch selbst flüchten, es sei denn, sie würde über Bord springen. *Also, nutz die Chance.*

Michaela holte tief Luft. »Tanja?«

Tanja schaute Michaela fragend an, sagte aber nichts.

»Ich weiß, du willst es nicht hören«, begann Michaela zaghaft. »Aber mir würde sehr viel daran liegen, dir einiges zu erklären.«

Tanja seufzte. »Michaela ... bitte. Ich lege wirklich keinen Wert auf deine Erklärung.«

»Dann mußt du dir die Ohren zuhalten, was ziemlich komisch aussehen wird.« Michaela wartete keine weiteren Widersprüche ab. Und sie sprach mit Absicht schnell, so daß Tanja keine Gelegenheit bekam, einen Einwurf zu machen. »Gleich vornweg: Natürlich hätte ich nein zu deinem Vater sagen können, als er mich um Hilfe bat. Ich habe nicht das Argument, aus einer Not heraus gehandelt zu haben. Und ich habe nicht das Argument, uneigennützig gewesen zu sein. Hätte ich nein gesagt, hätte sich meine Karriere verzögert, mehr nicht. Aber ich dachte, warum soll ich das in Kauf nehmen, nur weil ihr beide, dein Vater und du, euch uneinig seid? Ich dachte, du wärst die verwöhnte Tochter, die nicht zu schätzen weiß, was sie hat. Als ich merkte, daß ich mich geirrt hatte, war das Kind schon in den Brunnen gefallen.

Die Sache hatte ihren Lauf genommen. Und immer, wenn ich einen Rückzieher aus der Vereinbarung machen und dir die Wahrheit sagen wollte, passierte irgend etwas, was mich davon abhielt. Etwas, das mir eine fadenscheinige Entschuldigung vor mir selbst lieferte. Ich weiß, ich war feige. Und warum? Weil ich nicht in deine traurigen Augen sehen wollte, wenn du erfährst, daß ich dein Vertrauen mißbraucht habe. Ich wußte, du würdest mich dafür hassen. Ich wollte dich aber nicht verlieren. Am Ende hoffte ich einfach, du würdest nie davon erfahren.«

»Bis du eines schönen Tages einfach verschwunden wärst«, sagte Tanja bitter.

»Verschwunden?« fragte Michaela. »Wie kommst du denn darauf?«

»War das nicht der Deal? Ich in der Firma meines Vaters, du Hotelmanagerin auf Gomera.«

Michaela schluckte. »Das weißt du auch?«

»Ja. So ein Pech, was?«

»Ich wäre nie gegangen, ohne mich von dir zu verabschieden«, beschwor Michaela sie.

»Wie rücksichtsvoll von dir.«

»Ich bin mir gar nicht mehr sicher, ob ich überhaupt gegangen wäre.«

Wer's glaubt! dachte Tanja. Sie hatte noch deutlich Michaelas »Ich bin froh, daß es vorbei ist« in den Ohren. Klang das nach Zweifel zur Frage der Abreise? Wohl eher nach schnellem Aufbruch.

»Bist du fertig?« fragte sie nüchtern.

»Ich wünschte, wir hätten uns einfach so kennengelernt«, sagte Michaela leise.

»Was wäre dann gewesen?« fragte Tanja. »Du hättest mich doch überhaupt nicht beachtet.«

Michaela sah Tanja betreten an. »Ja, wahrscheinlich hast du recht.« Sie konnte nicht ernsthaft das Gegenteil behaupten. »Aber nun haben wir uns kennengelernt, und ich ... ich schätze dich als einen aufrichtigen, lieben Menschen.« Michaela wagte nicht, über ihre wahren Gefühle zu reden. Wenn sie Tanja jetzt auch noch *damit* konfrontierte, würde sie alles nur verschlimmern, denn für Tanja ließe das nur einen Schluß zu: Sie hatte sie trotz der Liebe zu ihr verraten. Worauf Tanja die berechtigte Frage stellen würde: Was war diese Liebe dann wert?

Eingedenk dieser Überlegungen fehlten Michaela weitere Worte. Da Tanja auch nichts erwiderte, legte sich Schweigen zwischen sie.

Anderthalb Stunden später war immer noch kein Schlepper da. Den Flug würden sie nicht mehr schaffen. »Soll ich in Amsterdam anrufen, daß wir überspringen?« fragte Michaela. »Wenn ich für übermorgen früh einen Flug nach Madrid buche, sind wir wieder im Zeitplan. Amsterdam hängen wir ans Ende der Reise ran.«

Tanja nickte. Michaela begann zu telefonieren. Gerade als sie alles klargemacht, das Gepäck vom Flughafen zurück zum Hotel geordert und dort angerufen hatte, kam dann endlich Hilfe. Das Boot wurde zur nächsten Anlegestelle gezogen.

Als Nielsen von dem Mißgeschick erfuhr, lächelte er bedauernd. »Das war sehr schade.«

»Wie man es nimmt. Jetzt haben wir einen Tag zusätzlich in Kopenhagen. Wir fliegen erst übermorgen und dann direkt nach Madrid.«

»Dann können Sie die Kanaltour morgen wiederholen.«

»Lieber nicht.« Tanja schmunzelte. »Morgen bleiben wir an Land. Sind unsere Zimmer schon fertig?«

Nielsen nickte. »Aber ja.«

»Unser Gepäck müßte gleich vom Flughafen zurückkommen«, sagte Michaela.

Nielsen nickte erneut. »Es wird dann hinaufgebracht.«

Tanja und Michaela gingen nach oben. Vor ihren Zimmern angelangt sagte Michaela überflüssigerweise: »Wenn du mich brauchst, ich bin nebenan.«

»Ich wüßte nicht, wofür«, sagte Tanja abweisend. Sie schloß die Tür auf.

»Sehen wir uns beim Abendessen?«, fragte Michaela.

Tanja nickte verhalten. »Sieben Uhr.« Sie hätte es vorgezogen, allein zu essen, aber was sollten die Angestellten des Hotels davon halten, wenn sie und ihre Assistentin an separaten Tischen aßen?

»Ich hole dich dann ab«, sagte Michaela leise.

Tanja zog die Tür hinter sich zu, legte die Zeitungen ab,

die sie von der Rezeption mitgenommen hatte, seufzte. Diese Reise entwickelte sich langsam zu einem Martyrium. Michaelas Nähe zu ertragen, genauer gesagt, ihre Nähe zu ignorieren, fiel Tanja immer noch schwer. Zumal ihr immer wieder Michaelas traurige Augen begegneten, ihr schuldbewußter Blick, der um Verzeihung bat. *Laß dich nicht einlullen, Tanja. Nicht noch einmal!* Falls Michaelas Bedauern nicht gespielt war, sie wirklich unter der Situation litt, um so besser. *So bekommst du wenigstens eine kleine Revanche.*

Auf der anderen Seite, gestand Tanja sich ein, die Vorstellung, diese Reise mit einer anderen Person als Assistentin zu unternehmen, mit einer fremden Person, behagte ihr noch weniger. In der Flut neuer Eindrücke, unter diesen vielen fremden Menschen, war Michaela das einzig Vertraute. Sie teilten trotz allem die vielen gemeinsamen Erlebnisse, die Stunden, in denen sie sich nah gewesen waren. Da waren viele Sachen, die eigentlich nicht in das Schema der kühl berechnenden Lügnerin paßten.

Was Michaelas Lüge aber nicht besser machte. Und nun Schluß damit. *Am Ende entschuldigst du Michaela noch!*

Wenn es nach Tanja gegangen wäre, wäre dieses ganze Abendessen wohl schweigend verlaufen. Michaela überlegte, ob sie Tanjas Trotz hinnehmen oder ignorieren sollte. Sie entschloß sich zu letzterem, schon allein aus dem Grund, weil sie schweigend keine Möglichkeit hatte, Tanjas Abwehr etwas entgegenzusetzen. »Willst du mich den Rest des Abends ignorieren?« fragte sie.

»Ich muß zwar mit dir essen, aber nicht mit dir sprechen.« Tanjas Abwehr war ganz die alte. Die nachgiebige Stimmung, welche sie in der Leere des Hotelzimmers überkommen hatte, war verflogen. Im Gegenteil. Tanja schalt sich jetzt dafür, war in Angriffslaune.

»Der Anstand würde es gebieten«, meinte Michaela.

»Daß ausgerechnet *du* dieses Wort benutzt ...«, sagte

Tanja beißend.

»Na gut. Dann eben die Professionalität. Die sollte dich Privates und Beruf voneinander trennen lassen. Wie du weißt, macht es keinen guten Eindruck bei unseren Gastgebern, wenn sie merken, daß wir beide uns nicht grün sind.«

Tanjas Blick warnte Michaela, nicht weiterzusprechen. »Auch wenn es für dich nicht so aussehen mag, aber ich gebe mein Bestes.«

Michaela versuchte es anders. »Warum schließen wir nicht vorübergehend einen Pakt?«

Tanja schaute sie mißtrauisch an. »Der wie aussieht?«

»Du versprichst, den stillen Vorwurf aus deinen Augen zu verbannen, und ich verspreche, dich nicht mehr mit meinen Bitten um Verzeihung zu belästigen.«

Tanja ließ die Gabel, die sie zum Mund führte, wieder sinken. »Verstehe. So ähnlich wie unsere Abmachung, den bewußten Abend bei mir in Hamburg und den Kuß zu vergessen. Ja, warum nicht? Jede von uns hat einen unsinnigen Vorschlag frei. Ich hatte meinen. Nun hast du deinen.« Tanja schüttelte den Kopf, aß weiter.

»Ist das ein Ja oder Nein?«

»Das ist ein: Ich bin gespannt, wie das aussehen soll.«

»Dann mach einen besseren Vorschlag.«

»Ich habe keinen. Leider. Wir werden eben einfach irgendwie miteinander auskommen müssen, solange diese Reise dauert. Danach bist du deiner Verpflichtungen als meine Assistentin entbunden und kannst tun und lassen, was du willst. Soweit ich weiß, ist die Stelle auf Gomera immer noch für dich reserviert.«

»Verdammt!« brach es da aus Michaela heraus. »Wenn es mir nur um diese Stelle gegangen wäre, warum habe ich dich dann nicht nach allen Regeln der Kunst verführt und so manipuliert, daß du am Ende gedacht hättest, die Idee, in die Firma deines Vaters einzusteigen, wäre deine eigene gewesen? Glaubst du, das hätte ich nicht gekonnt?« Sie funkelte

Tanja böse an. »Du machst es dir sehr leicht, meine Liebe, spielst die arme Hintergangene, verurteilst mich und deinen Vater. Tanja, die Heilige! Tanja, die Unfehlbare! Ist dir schon mal in den Sinn gekommen, daß dies alles nur aus Rücksicht zu dir geschehen ist?«

»Aus Rücksicht? Ich höre wohl nicht richtig.«

»O doch, aus Rücksicht. Und Sorge! Glaubst du, dein Vater wäre auf diese, zugegeben, Schnapsidee gekommen, wenn er dir gegenüber gleichgültig wäre? Es wäre leichter für ihn gewesen, einen Geschäftsführer als seinen Nachfolger auszuwählen. Kandidaten gibt es reichlich im Unternehmen. Finanziell wäre das kein Unterschied für ihn. Er braucht sich um seine Rente nicht zu sorgen, so oder so. Er sorgt sich um dich! Deine Zukunft. Dein Leben. Er will, daß du etwas darstellst. Das ist vielleicht altmodisch, aber es ist seine Art zu lieben. Oder was glaubst du? Daß er dir unbedingt das Leben schwermachen will?«

Tanja schwieg, völlig überrumpelt von Michaelas Ausbruch.

Michaela aber hatte sich in Rage geredet, und sie war noch nicht fertig. »Und genauso vorschnell, wie du deinen Vater verurteilst, tust du es mit mir. Es ist ja auch am einfachsten, die Gekränkte zu mimen. Mir unedle Motive vorzuwerfen, damit du nicht über deine eigenen Fehler nachdenken mußt.«

Tanja schnaufte böse. »Schluß jetzt! Ich lasse mich doch von dir nicht zum Buhmann in dieser Sache machen. Das wäre ja noch schöner.«

Sie stand auf und ließ Michaela einfach sitzen. Sollte das Personal doch denken, was es wollte. Was dachte sich Michaela denn dabei, sie derart anzufahren? Jetzt alles so darzustellen, als wäre man aus reiner Rücksicht zu ihr *etwas* über das Ziel hinausgeschossen. Das war lächerlich. Genauso wie ihr einreden zu wollen, *ihr* Verhalten hätte diese Farce nötig gemacht. Sie hatte sich dem Anliegen ihres Vaters, in die

Firma einzutreten, verweigert. Ja. Aber doch nicht aus Faulheit oder Respektlosigkeit. Sie hatte gute Gründe gehabt. Gründe, die Michaela sehr gut kannte. Wollte sie ihr nun ernsthaft vorwerfen, egoistisch und undankbar zu sein? Mit welcher Begründung? Weil sie ihrer einsamen Kindheit hinterherhing, statt nach vorn zu sehen?

Tanja stutzte. Ihr Gedankensturm geriet ins Stocken. War das so? Tat sie das? Machte sie sich und anderen das Leben unnötig schwer?

Tanja ging auf ihr Zimmer, legte sich aufs Bett, verfiel ins Grübeln. Nicht darüber, ob Michaelas Verhalten, ihre Freundschaft gezielt zu suchen und sie zu manipulieren, gerechtfertigt war. Das war es ganz sicher nicht. Sondern darüber, ob sie, Tanja, ihrem Vater nicht irgendeinmal in den letzten Jahren mit offenem Herzen hätte zuhören sollen. Einmal ihre Verletztheit vergessen oder zumindest beiseite hätte schieben müssen. Ruhe und Gesprächsbereitschaft hätte zeigen sollen, damit ihr Vater ihre ablehnende Haltung nicht als pure Sturheit begriff. Und umgekehrt hätte sie seinen Wunsch, seine Nachfolge anzutreten, vielleicht nicht als altmodische, überholte Tradition verstehen sollen.

Mit dem Gedanken *Wer weiß, wozu diese letzten Wochen trotz allem noch gut waren* schlief Tanja irgendwann ein.

18.

Da sie so unerwartet zu einem »freien« Tag gekommen waren, entschloß Tanja sich, die Gelegenheit zu nutzen und die Bilanzberichte der Kanterschen Hotels, die sie in der ersten Woche gelesen hatte, untereinander einem Vergleich zu unterziehen. Die Dateien lagen alle auf ihrem Laptop, aber jede für sich sagte nicht so viel aus. Tanja wollte eine Übersicht erstellen, die ihr genau zeigte, wo ein Plus und wo ein Minus stand. Dazu konnte sie dann gleich ihre persönlichen Eindrücke einfügen, die sie im Laufe der Reise machte. Dank einer solchen Übersicht würde sie ihrem Vater gegenüber bessere Argumente haben, wenn es später in die Diskussion ging.

Tanja schaltete ihr Laptop an, wartete, bis es hochgefahren war, und legte eine Datei an, in der sie die Kennzahlen auflistete. Dann öffnete sie den ersten Bericht, naheliegenderweise begann sie mit London. Das häufige Hin- und Herwechseln zwischen den Dateien erwies sich allerdings ziemlich bald als nervenraubend. Besser wäre es, überlegte Tanja, wenn sie einen Drucker hätte, so daß sie die Zahlen auf einem Blatt Papier bekam, von dem sie sie dann einfach in die Tabelle übertragen konnte. Aber woher jetzt einen Drucker bekommen?

Hm, nun ja, du hast eine Assistentin, die sicher dafür sorgen könnte, daß ein Drucker aus einem der Büros behelfsweise hergebracht wird. Tanja griff zum Telefon, wählte Michaelas Zimmernummer und erklärte ihr, was sie brauchte. Zehn Minuten später klopfte es, und Michaela stand mit einem Drucker samt Zubehör in der einen und einer Packung Papier in der anderen Hand in der Tür. Sie schloß das Gerät an Tanjas Laptop an, installierte die Treibersoftware, und im Nu schoben sich bedruckte Blätter heraus.

Tanja dankte ihr mit einem Kopfnicken und fuhr mit ihrer Arbeit fort.

»Kann ich dir helfen?« fragte Michaela.

Tanja schüttelte leicht den Kopf. Sie sah dabei nicht einmal auf. Michaela blieb dennoch neben ihr stehen. »Bist du sicher?«

Nun sah Tanja doch auf. Sie setzte schon zu einer abweisenden Antwort an, Michaela erkannte es an ihrem Gesichtsausdruck, aber plötzlich stockte Tanja. »Also gut.«

Michaela hätte vor Überraschung beinah noch mal gefragt, ob Tanja sicher sei, konnte es gerade noch verhindern, daß ihr die Worte herausrutschten. »Wenn du mir erklärst, was du machst.«

Tanja tat es, während sie sich über sich selbst wunderte. Warum hatte sie Michaela nicht weggeschickt? Sie brauchte dann zwar länger für die Arbeit, doch was spielte das für eine Rolle? Sie hatte den ganzen Tag Zeit.

Aber plötzlich hatte sie die Vorstellung, den ganzen Tag allein im Zimmer mit diesen Zahlen zu verbringen, irgendwie ermüdet.

So kam es, daß Tanja wenig später Michaela Zahlen zurief, welche diese in das Laptop schrieb. Nach zwei Stunden fühlte Tanja, daß ihr Mund ausgetrocknet war. »Ich brauche einen Kaffee«, sagte sie.

»Ich hole welchen«, bot Michaela pflichtbeflissen an.

»Nein.« Tanja winkte ab. »Schon gut. Ich . . . laß uns in ein Café gehen.« Michaelas Erstaunen ignorierte sie.

Sie fragten an der Rezeption, und die Dame beschrieb ihnen den Weg zu einem kleinen Restaurant ganz in der Nähe. Es dauerte wirklich nur fünf Minuten, dann waren sie da. Die Bedienung kam sofort, und sie bestellten Cappuccino.

Während sie warteten, schwieg Tanja. Michaela, immer noch verwundert über Tanjas unerwartete Geselligkeit, hielt es für das klügste, es ihr gleich zu tun und schwieg ebenfalls.

»Wie hast du das gemeint?« brach Tanja schließlich die

Stille zwischen ihnen.

»Was?« fragte Michaela irritiert.

»Daß ich nicht über meine Fehler nachdenken will. Was meintest du damit?«

Michaela staunte nicht wenig. Tanja nahm sich ihre Worte vom gestrigen Abend offenbar zu Herzen, knabberte augenscheinlich immer noch daran. »Willst du das wirklich hören? Du wirst wieder wütend werden.«

»Nun sag schon«, forderte Tanja unwirsch.

Michaela suchte nach Worten, die Tanja nicht sofort auf die Palme bringen würden. »Es ist nicht einfach, mit jemandem auszukommen, der in allen Dingen so absolut ist wie du. Schwarz oder weiß, keine Nuancen dazwischen. So funktioniert das Leben nicht«, begann sie vorsichtig.

»Ist es ein Fehler, eine Meinung zu haben?« begehrte Tanja auch gleich auf. »Zu wissen, was man will und was nicht?«

»Nein«, besänftigte Michaela sie mit ruhiger Stimme. »Nur kannst du nicht von allen anderen erwarten, daß sie dich verstehen. Erst recht nicht, wenn deine Gründe in der Hauptsache emotional sind. Das wirkt oft trotzig und unreif.«

Die Kellnerin brachte zwei Cappuccino. Michaela rührte vorsichtig in ihrer Tasse, sprach leise weiter. »Du hast recht, wenn du sagst, dein Vater und ich haben dich ziemlich übel hintergangen. Aber uns deshalb für die Ewigkeit zu verachten, ist keine Lösung. Du hast offenbar beschlossen, deinem Vater das Leben schwerzumachen und mich auch noch dazu zu benutzen. Eine schöne Retourkutsche, aber dir entgeht dabei völlig, daß dieses Verhalten auch nicht gerade sehr anständig ist.«

»Du hättest recht, wenn es so wäre, wie du sagst. Aber du irrst dich«, versicherte Tanja. Ähnliches hatte Michaela ja schon einmal gesagt. »Die Beachtung, die ich den Bilanzen, den Zahlen und all dem widme, ist nicht irgendeiner Rache geschuldet, sondern echtes Interesse.«

»Bist du sicher? Ist da nicht auch ein wenig Trotz mit dabei? ›Jetzt werde ich es euch zeigen. Ihr wolltet es ja nicht anders!‹«

Tanja senkte den Blick. Wenn sie ganz ehrlich war, konnte sie nicht leugnen, daß da was dran war. Aber das war ganz sicher nicht ihr eigentliches Motiv.

»Wer kann es dir verdenken?« sagte Michaela. »Du hast alles Recht der Welt, so zu denken. Ich werfe es dir nicht vor. Auch nicht, daß du meine Entschuldigung nicht akzeptieren willst. Ich kann dich nicht zwingen, mir zu verzeihen.«

Tanja sah nun auf. Immer noch erwiderte sie nichts.

So daß Michaela hinzufügte: »Ich weiß, du bist unheimlich enttäuscht. Und ich bewundere dich, wie gefaßt du dennoch bist. Aber es macht mir auch angst. Denn genauso weiß ich, daß du ein Mensch mit intensiven Gefühlen bist. Wenn du einfach so tust, als wäre nichts, belügst du nicht nur die anderen, sondern vor allem dich selbst. Deine Wut zu unterdrücken hilft dir nicht, diese ganze Sache zu überstehen.«

»Was soll ich deiner Meinung nach machen?« fragte Tanja. »Dich anschreien? Was würde das helfen, was würde das ändern?«

»Seine Wut herauszuschreien ist in jedem Fall besser, als sie in sich hineinzufressen. Unterdrückte Wut erzeugt nur Bitterkeit. Bitterkeit erzeugt Schweigen. Schweigen erzeugt Einsamkeit. Genauso hast du es bisher immer gemacht. Auf die Art habt ihr, dein Vater und du, euch entfremdet. Und weil ihr euch entfremdet habt, griff er zu dieser Lüge. Es ist eine Spirale ohne Ende, wenn du dich jetzt wieder in dich zurückziehst.«

Tanja schwieg, dachte über Michaelas Worte nach. »Du willst mir damit sagen, daß ich indirekt schuld bin an dem, was passiert ist?«

Michaela schüttelte den Kopf. »Aber nein, es geht hier doch überhaupt nicht darum, den oder die Schuldigen zu bestimmen.«

»Sondern?«

»Es ging die ganze Zeit, und geht immer noch, nur um dich. Haßt du das nicht bemerkt?« fragte Michaela mit sanfter Stimme.

Tanja schloß für einen Moment die Augen. »Aber ... gab es denn keine andere Möglichkeit ... eine weniger demütigende?«

Michaela hob bedauernd die Hände. »Ich weiß es nicht.«

Wieder entstand Schweigen. Sie tranken ihren Cappuccino. Nach einigen Minuten sagte Tanja leise: »Gut, ich werde nach unserer Rückkehr mit meinem Vater über alles reden. ... Aber wir beide ... Das ist etwas anderes. Das siehst du doch ein?«

Michaela nickte und seufzte. »Ja.«

»Ich bin einfach zu sehr enttäuscht.«

»Wenigstens haben wir endlich in Ruhe darüber geredet.«

Tanja sah Michaela ernst an. »Das macht die Enttäuschung leider nicht geringer.«

Dennoch spürte sie, wie ein Teil der Anspannung, die sie seit Tagen beherrschte, von ihr abfiel. Sie glaubte, daß es ihr über kurz oder lang möglich sein würde, Michaela in die Augen zu sehen, ohne sich ausschließlich an deren Betrug zu erinnern. Mit dieser Einsicht wich die innere Wut einer Traurigkeit, die zwar tief saß, sich aber gleichzeitig auch ruhig anfühlte.

Zurück im Hotel arbeiteten sie weiter.

»So, fertig«, sagte Michaela nach einer weiteren Stunde. »Ich mache schnell noch ein paar Grafiken, und dann hast du schon fast eine fertige Präsentation, wenn du nach Hause kommst. Dein Vater wird nicht übermäßig begeistert sein. Er hält nicht viel von Statistiken.«

Tanja winkte ab. »Ja, ja, ich kenne seine Sprüche: Statistik ist die größte Lüge der Welt, traue keiner Statistik, die du nicht selbst gefälscht hast und so weiter. Aber ob er es nun wahrhaben will oder nicht: Zahlen belegen am besten, wie es in einem Unternehmen wirklich aussieht.«

»Aber die Atmosphäre, das Arbeitsklima, das alles spielt doch auch eine wichtige Rolle«, gab Michaela zu bedenken. »Die kannst du nicht in Zahlen ausdrücken, Tanja.«

Tanja schaute Michaela offen an. »Dessen bin ich mir durchaus bewußt. Ich will auch nicht die sein, die neu daherkommt und alles auf den Kopf stellt, nur um sich zu beweisen, wie du vielleicht immer noch denkst. Es liegt nicht in meiner Absicht, ein Stechuhrensystem einzuführen oder so etwas. Dennoch, ich bin nun mal der Meinung, daß ein Teil der Bilanzen besorgniserregende Zahlen vorweist. Du stimmst mir sicher zu, daß ich als eine der Verantwortlichen der Firma da reagieren muß. Diese Antrittsreise ist genau richtig, um mir ein Bild von allem zu machen. Ich will mir nicht nachsagen lassen, daß ich meine Entscheidungen vom Schreibtisch aus treffe.«

Michaela horchte auf. Bisher hatte Tanja nur in Allgemeinfloskeln gesprochen, wenn sie von Veränderungen redete. Nun sprach sie von konkreten Entscheidungen. »Was für Entscheidungen meinst du?«

»Zum Beispiel die, unsere Wirtschaftsdirektoren aufzufordern, mit ihren Zulieferern härter zu verhandeln, gegebenenfalls zu wechseln, auch wenn das etwas Unruhe in die gewohnten Abläufe bringt. Oder die, unsere Personaldirektoren anzuweisen, den Mitarbeiterstamm zu effektivieren. Personalkosten sind ein immer wiederkehrender, stetig steigender Kostenpunkt. Insbesondere festes Personal. Wir sollten einen Teil der Mitarbeiter in eine Service-GmbH outsourcen, bei der wir dann, entsprechend den schwankenden Buchungen, nur so viel Arbeitskräfte bestellen, wie wir wirklich brauchen.«

Michaela traute ihren Ohren kaum. »Und was wird mit dem Rest?«

»Die Service-GmbH kann sich andere Kunden mit Bedarf an Servicepersonal suchen. Restaurants, Institutionen etc.

Das ist ganz ihnen überlassen.«

»Und wenn das nicht klappt, wird entlassen?« fragte Michaela.

»Wenn es sein muß«, bestätigte Tanja.

»Dein Vater hat sich damit immer schwergetan.«

»Mein Vater, entschuldige, wenn ich das sage, stammt aus einer anderen Zeit. Im Gegensatz zu ihm finde ich nicht, daß sich eine Firma rund um die Uhr Gedanken um das Personal machen sollte, denn umgedreht macht das Personal sich die ja auch nicht um die Firma. Die meisten Angestellten sehen nur, wie sie mit möglichst wenig Arbeit viel verdienen können. Mal ehrlich, auch sie drücken doch jede Stunde in Euro und Cent aus. Und bekommen sie ein besseres Angebot, sind sie weg. Ist absolut fair, nichts gegen einzuwenden. Nur umgedreht dürfen die Leute sich nicht wundern, wenn es ihr Chef genauso macht. Sie im Kleinen, er im Großen.«

Michaela kam aus dem Staunen nicht mehr heraus. War das noch die Tanja, die sie kannte? Sie wußte zwar, es gehörte zu ihren bestechenden Eigenschaften, die Dinge beim Namen zu nennen, egal wie unbequem das sein konnte. Aber Rücksichtslosigkeit stand sonst nicht auf der Liste der Eigenschaften, die sie mit Tanja verband.

»Du denkst jetzt, ich bin zu einer eiskalten Geschäftsfrau mutiert?« erriet Tanja Michaelas Gedanken.

Zum Teufel, wie macht sie das bloß immer? Michaela senkte schnell den Blick. »Nein«, murmelte sie. »Wahrscheinlich hast du recht.«

»Ich habe recht, glaub mir. Ich finde auch nichts Schlimmes daran, daß jeder Mensch seine eigenen Interessen verfolgt. Schlimm finde ich nur, daß so viele Leute diese Tatsache verleugnen wollen.«

Michaela hob den Kopf, kniff leicht ihre Augen zusammen. »Danach, was du eben gesagt hast, müßte es völlig in Ordnung für dich sein, daß ich dich, um meine Interessen zu wahren, belogen habe.« Gespannt wartete sie auf Tanjas

Antwort.

Tanja schaute Michaela verdutzt an. Zum einen, weil sie diese Auslegung ihrer Worte überraschte und zum anderen, weil sie nicht umhin konnte zuzugeben: »Ja, das stimmt.« Sie legte den Kopf ein wenig schief. »Nur habe ich ja nicht gesagt, daß es der Gegenseite gefallen muß, was dieses Interessenstreben mit sich bringt. Das scheint in der Regel, und auch in unserem Fall, eher nicht der Fall zu sein.«

Michaela konnte nicht umhin zu lächeln. »Sollte ich dich jemals wieder wie ein Kind behandeln, erinnere mich an dieses Gespräch.«

Tanja lächelte zurück. »Versprochen.«

19.

Kopenhagen lag hinter ihnen, ebenso Madrid. Damit waren die Städtebesuche, abgesehen von Amsterdam, das sie an den Schluß der Reise hatten legen müssen, abgeschlossen. Der zweite Teil der Reise galt den Hotels in den Urlaubsregionen. Kanter besaß drei dieser Art. Eines in Süddeutschland am Bodensee, ein zweites in Norditalien am Gardasee, und ein drittes – auf der Kanarischen Insel Gomera.

Von Madrid flogen sie nach Teneriffa und nahmen die Fähre nach San Sebastian, der Hauptstadt von Gomera. Auf dem Weg vom Hafen zum Hotel an der Nordküste fuhren sie durch karge Bergelandschaften ebenso wie durch grüne Täler. Tanja schwieg während der Fahrt. Sie unterlag dem Bann der idyllischen Natur und ihren Gedanken. Diese Insel würde in naher Zukunft Michaelas neue Heimat sein, das Hotel, zu dem sie unterwegs waren, Michaelas neue Wirkungsstätte. Und sie war der Weg zu Michaelas neuem Leben gewesen. Nach wie vor ein bedrückender Gedanke für Tanja.

Das Hotel, eine komfortable Ferienanlage, lag hoch auf den Klippen und gab den Ausblick auf den endlos scheinenden Atlantik frei. Das Haupthaus erhob sich eindrucksvoll im Stil eines alten Herrenhauses. Umgeben wurde es von einem pflanzen- und baumartenreichen Garten, in dem die Bungalows, gebaut im kanarischen Stil, integriert lagen. So gewährleistete man deren Bewohnern ein Höchstmaß an Ruhe.

Sie stiegen aus dem Taxi, das sie hergebracht hatte.

Michaela seufzte. »Ist es nicht traumhaft hier?«

Tanjas Augen betrachteten Michaela düster, wie sie ihr Gesicht in die Sonne hob. »Ja, sehr schön«, bestätigte sie, ging zur Rezeption.

Michaela folgte ihr betreten. Leider zu spät ging ihr auf,

daß sie Tanja mit ihrem Begeisterungsausbruch verletzte. Gerade so, als wäre diese Schönheit es wert gewesen, Tanjas Freundschaft zu verraten.

»Señora Kanter, señora Dietz, bienvenido«, begrüßte das junge Mädchen an der Rezeption sie strahlend. »Hatten Sie eine angenehme Reise?«

»Danke.«

Das Mädchen legte zwei Schlüssel auf den Tresen. »Darf ich um Ihre Pässe bitten?«

Tanja legte ihren Paß hin. Michaela tat es ihr gleich.

»Von Ihrem Bungalow aus haben Sie direkten Blick auf das Meer. Marco bringt Sie und Ihr Gepäck mit dem Elektromobil.«

»Sehr schön.«

Das Mädchen griff zum Telefon. »Marco?« Einige spanische Sätze folgten. »Sí, gracias.« Sie lächelte Tanja und Michaela zu. »Marco kommt sofort.«

Marco, ein junger Mann, braungebrannt, tiefschwarzes Haar, begrüßte sie mit einem breiten Lächeln auf dem Gesicht. Er lud das Gepäck auf und wies auf die Plätze hinter sich. »Bitte«, sagte er mit spanischem Akzent.

Die Fahrt dauerte nur zwei Minuten, dann hielt Marco vor einem Bungalow, sprang von seinem Sitz und lud die beiden Koffer ab. »Einen schönen Aufenthalt«, wünschte er, schwang sich wieder auf sein Mobil und war weg.

Tanja und Michaela sahen ihm verdutzt nach. Fast synchron schaute jede auf ihr Schlüsselbund, verglich die Nummer mit der am Bungalow und sagte: »Meine Nummer stimmt.«

Sie hielten die Schlüssel nebeneinander. »Sicher ein Fehler der Rezeption, ich gehe gleich noch mal hin und kläre das auf«, meinte Tanja.

Michaela räusperte sich umständlich. »Ich glaube nicht«, sagte sie. »Es ist einer der großen Familienbungalows mit zwei Etagen.«

»Oh, verstehe.« Tanja zögerte kurz. »Na, dann gibt es ja auch zwei Schlafzimmer. Das sollte doch genügen.« Sie ging zur Tür und schloß auf. »Hast du etwas dagegen, wenn ich hier unten einziehe?«

»Nein, mach nur«, willigte Michaela ein.

Innen war es angenehm kühl. Die geschlossenen Fenster und zugezogene Gardinen hielten die Wärme draußen. Erst als Tanja eine der Gardinen zur Seite zog, eröffnete sich ihnen die helle, gemütliche Atmosphäre des Bungalows.

Michaela ging nach oben, während Tanja die Klimaanlage einschaltete, um auch weiterhin eine erträgliche Temperatur im Zimmer zu haben. Anschließend packte sie ihre Sachen aus, richtete sich ein. Diese Prozedur dauerte keine zehn Minuten, da es nun einmal begrenzt war, was man in einem Koffer auf eine Reise mitnehmen konnte. Tanja ging auf die Terrasse, sah auf das azurblaue Meer. Beim Anblick der in der Ferne schäumenden Wellen bekam Tanja Lust auf Schwimmen. Das Meer war jetzt etwas weit, aber für eine Runde im Pool würde die Zeit bis zu ihrem ersten Termin mit dem Hotelmanagement reichen. Sie ging ins Haus und rief zu Michaela nach oben. »Was hältst du von einer Runde im Pool? Ich könnte eine Abkühlung gebrauchen.«

Michaela kam die Treppe herunter, bereits im Badeanzug. »Dasselbe wollte ich dich auch gerade fragen.«

Sie machten sich auf den Weg zum Pool, der blau durch die Bäume des Gartens schimmerte und ihnen so die Richtung wies.

»Vielleicht sollte ich nach der offiziellen Begrüßung diesmal dir die Gespräche mit dem Management überlassen. Als zukünftige Chefin des Ganzen muß man dich sowieso ins Bild setzen, und anschließend gibst du mir die Auskünfte, die ich für meine Analyse brauche«, meinte Tanja, während sie den Weg aus kleinen, weißen Kieselsteinen entlangschlenderten.

»Und was machst du in der Zwischenzeit?« fragte Michaela.

»Ich inspiziere die Gegebenheiten vor Ort und analysiere sie eingehend«, erwiderte Tanja. Doch das Schmunzeln um ihren Mund verriet sie.

»Du meinst, du machst Ferien«, stellte Michaela salopp fest.

»Ähm, ja.«

»Ich bin vielleicht die zukünftige Chefin hier, aber du bist der Boss. Ich werde dir also nicht widersprechen.«

Tanja wollte wirklich gern die Idylle genießen, ihr Vorschlag hatte aber auch einen anderen, ernsteren Hintergrund. Seit Beginn ihres Aufenthaltes auf der Insel wurde sie jede Sekunde daran erinnert, daß Michaela sie bald verlassen würde, um hierher zurückzukehren. Es war Tanja unmöglich, das zu verdrängen. Und langsam wurde ihr auch immer bewußter, daß der Zeitpunkt, bis es soweit war, näher und näher rückte. Bisher war es mehr eine abstrakte Vorstellung gewesen. Beim Betreten der Insel wurde diese Vorstellung zum ersten Mal mit realen Bildern gefüllt.

An diese neue Situation mußte Tanja sich erst gewöhnen. Sie brauchte etwas Zeit für sich. Und die würde sie bekommen, wenn sie diesmal Michaela die Arbeit allein machen ließ. Michaela war ohne Zweifel dazu in der Lage. Tanja hoffte, daß die zwei Tage hier genügen würden, um wieder in bessere Form zu kommen. Die Umstände zehrten doch mehr an ihren Nerven, als sie sich ursprünglich eingestanden hatte.

Nach dem Abendbrot saßen sie zusammen auf der Terrasse des Bungalows, sahen auf das faszinierende Farbenspiel der untergehenden Sonne. Tanja nahm einen Schluck Rotwein, von dem sie eine Flasche bestellt hatten.

Michaela wandte ihre Augen vom Sonnenuntergang ab und schaute zu Tanja. Die Frage, welcher Anblick ihr lieber war, schwirrte durch ihren Kopf, und die Entscheidung fiel klar zu Tanjas Gunsten aus. Nichts konnte Tanjas Gegenwart aufwiegen, nicht einmal diese Idylle.

Michaela sah wieder in die untergehende Sonne, sann über sich und Tanja nach. Jetzt fühlte sie Tanjas Blick auf sich ruhen. Ihre Augen begegneten sich.

»Hast du den Tag genossen?« fragte Michaela mit sanftem Lächeln.

»Hm?« Tanja hatte offensichtlich nicht zugehört.

»Hast du den Tag genossen?« wiederholte Michaela ihre Frage.

»Oh, ja, ja.«

»Das ist schön«, sagte Michaela leise. »Du sahst die letzte Zeit ziemlich mitgenommen aus.«

Tanjas Blick sandte die Antwort: *Wundert dich das?*

Michaela seufzte. »Du wirst mir das nie verzeihen, nicht wahr?« fragte sie tonlos.

Tanja stand auf, ging die wenigen Schritte bis zum Ende der Terrasse, in die hereinbrechende Dunkelheit. Sie stand jetzt mit dem Rücken zu Michaela. »Dazu ist zu viel passiert«, sagte sie mit belegter Stimme.

Michaela stand ebenfalls auf, trat hinter Tanja, legte die Hand auf ihre Schulter, drehte sie vorsichtig zu sich herum. Sanft strich sie über Tanjas Wange.

Einem Impuls folgend lehnte Tanja sich an Michaela, umarmte sie vorsichtig. »Aber glaub mir, ich wünschte, ich könnte es«, flüsterte sie.

Michaela streichelte versonnen Tanjas Rücken. Tanja ließ es zu. *Nur ganz kurz,* sagte sie sich, während sie Michaelas Wärme wohlig in sich aufnahm.

So standen sie eine Weile, bis Tanja sich vorsichtig von Michaela löste. »Laß uns ins Haus gehen«, sagte sie leise. »Es wird kühl.«

Aber Michaela hielt ihre Hand fest, strich erneut über Tanjas Wange. Tanja zitterte leicht. Und es war nicht die kühler werdende Abendluft daran schuld.

Michaela sah Tanja zärtlich an.

Der inständig bittende, schmerzliche Ausdruck in Michaelas Augen tat Tanja im Herzen weh. In diesem Moment vergaß sie ihren eigenen Schmerz. In diesem Moment war Michaela für sie die Freundin, die litt. Die Frau, die sie liebte, egal wie sehr sie sie verletzt hatte. Dieser Frau konnte sie nicht verbieten, sie in ihre Arme zu nehmen. Sie wollte es nicht. Sie sehnte sich nach Michaela, mit jeder Faser ihres Herzens. Tanja fragte sich nicht weiter, wie das möglich war. Sie ergab sich einfach diesem Gefühl.

Nicht die Berührung von Michaelas Lippen überraschte Tanja, sondern deren Sanftheit. Sie strichen als ein leichter Hauch über die ihren. Schon entfernten sie sich wieder. Bevor der Abstand größer werden konnte, fand Tanjas Hand Michaelas Nacken, streichelte ihn sanft und zog Michaela wieder zu sich. Ihre Lippen trafen sich erneut.

Anfangs erwiderte Michaela den Kuß noch zögernd, als warte sie auf ein jähes Ende von Tanjas Umarmung. Doch die Unsicherheit schwand mit jeder Sekunde mehr, in der Tanja sie festhielt. Michaela wurde mutiger, leidenschaftlicher.

Tanja fühlte einen Schauer durch ihren Körper laufen. Er traf sie tief in ihrem Inneren, dort, wo ihre Sehnsucht vergraben war. Wie die unzähligen kleinen Schneeflocken einer Schüttelfigur, die plötzlich bewegt wurde, wirbelte Michaelas Kuß Tanjas Gefühle durcheinander. Und im selben Maß, wie Michaelas Leidenschaft zunahm, verstärkte sich der Wirbelsturm in Tanjas Innerem. Sie strich mit zittrigen Händen erst über Michaelas Hüfte, dann an deren Taille entlang.

Als Antwort verstärkte Michaela den Druck ihrer Lippen, schob ihre Hände unter Tanjas T-Shirt, berührte deren Haut überall gleichzeitig. Ihren Bauch, ihre Brüste, ihren Rücken.

Tanja fragte sich, wie lange sie diese Berührungen aushalten würde, ohne daß ihr die Beine einknickten. »Michaela«, keuchte sie. Die Intensität ihrer Gefühle nahm ihr beinah den Atem. Ihre Hände zitterten auf der Suche nach Michaelas nackter Haut. Über ihr schlug eine Woge bedenkenlosen Verlangens zusammen. Sie wollte nur noch eines: Mit Michaela verschmelzen, um dieses Verlangen zu stillen.

Als Tanja Michaelas Hand über ihren Oberschenkel streichen spürte, griff sie nach ihr, führte sie zwischen ihre Beine. Sie stöhnten beide fast gleichzeitig, überwältigt von ihrer plötzlichen Begierde nacheinander.

»Tanja«, flüsterte Michaela mit vor Erregung rauher Stimme. »Ich will dich.«

Noch nie hatte Tanja Michaela derart aufgewühlt erlebt. Deren Augen waren, so schien es Tanja, dunkel vor Leidenschaft. Michaelas Gesicht glühte. Ihre ganze Körperhaltung war Ausdruck der völligen Unruhe, einer ungestillten Gier, die sie kaum aushalten konnte.

So stellten die wenigen Schritte bis in Tanjas Schlafzimmer für beide eine große Herausforderung dar. Beinah wäre der harte Fußboden zu ihrem Lager geworden – was keine gestört hätte, denn ihre Sinne nahmen die Umgebung nicht mehr wahr, nur noch einander.

20.

Tanja erwachte, blinzelte in die hellen Strahlen der Sonne, streckte sich wohlig. Sie spürte Michaelas warmen Körper neben sich. Immer noch verschlafen drehte sie sich zu ihr, betrachtete sie nachdenklich. Na, das war ja was gestern abend. Die Leidenschaft war einfach über sie hereingebrochen. Über sie *beide*. Tanja lächelte in sich hinein. Egal, was kam: Diese Nacht war in jedem Fall etwas, woran sie sich gern erinnern würde.

Aber mal ernsthaft, Tanja, was kommt nun? Ändert diese Nacht etwas zwischen dir und Michaela? Um diese Frage beantworten zu können, müßte sie wissen, was sie Michaela bedeutete. *Daß Michaela eine Schwäche für dich hat, weißt du ja nicht erst seit gestern. Doch darüberhinaus hat Michaela sich bisher nicht eindeutig festgelegt.*

Sie erinnerte sich, was gestern abend auf der Terrasse passiert war. »Ich will dich«, hatte Michaela gesagt, nicht »Ich liebe dich.« Gestern abend war Tanja das egal gewesen. Jetzt sah das anders aus. Sie würde gern wissen, ob bei Michaela ernste Gefühle im Spiel waren. Es wäre schade, wenn diese Nacht nur das Resultat ungezügelten Verlangens gewesen war, denn das war es nicht, was sie wollte.

Tanja stutzte. *Ach ja? Was willst du denn?*

Sie zögerte mit der Antwort. Es fiel ihr nicht leicht, es sich einzugestehen. *Ich will, daß Michaela mich liebt. Ich will, daß es stimmt, was sie sagt. Daß sie mich nur aus Angst belogen hat, aus Angst, mich zu verlieren. Und daß sie diese Angst nicht nur hatte, weil sie mich sehr mag oder schätzt, wie sie bisher gesagt hat, sondern weil sie mich liebt. Daß sie sich bislang nur nicht getraut hat, es zu gestehen. Die Situation ließ es nicht zu. Aber jetzt gibt es keinen Grund mehr damit zu warten, nach dieser Nacht.*

Wenn Michaela es wirklich tat. Wenn sie sie liebte ...

Tanja strich sanft über Michaelas nackte Schulter. Ja, sie war bereit, Michaela zu verzeihen. Warum auch nicht? Niemand ist fehlerfrei. Michaela hatte absolut recht.

Unter Tanjas zärtlicher Berührung wurde Michaela allmählich unruhig. Sie wachte auf. Verwirrt sah sie Tanja an – erinnerte sich. »Hallo«, sagte sie leise. Ein zaghaft angedeutetes Lächeln umspielte ihren Mund.

»Hallo«, erwiderte Tanja, sah Michaela abwartend an.

»Wie ... wie geht es dir?« fragte Michaela verhalten, darauf bedacht, Tanja nicht zu berühren. Das würde die sicher nicht wollen. Nicht mehr. Gestern abend war gestern abend. Wahrscheinlich bereute Tanja die letzte Nacht bereits.

»Und dir?« wollte Tanja wissen.

»Ich ...« Michaela rappelte sich auf, sah Tanja unsicher an. »... das war ... sehr schön.« Sie schaute ernst drein, obwohl es im Moment nicht so aussah, als ob Tanja ihr die Schuld geben wollte an dem, was passiert war.

»Ja?« Tanjas fragender Blick traf sie.

»Ja.« Wenn Tanja es denn wissen wollte. Sie hatte der erfahrenen Lesbe durchaus genügt. Mehr als das.

»Das fand ich auch«, sagte Tanja, setzte sich ebenfalls auf.

Michaela lächelte abwartend. Und als Tanja nichts sagte, sie nur ansah, seufzte sie innerlich. Mehr kam nicht? Keine Andeutung, daß Tanja ihr vielleicht eine Chance gab?

Natürlich nicht, Michaela. Was hast du erwartet? Die Verhältnisse waren doch geklärt. Entschuldige dich lieber bei Tanja. Auch wenn sie es nicht sagt, du warst diejenige, die zuerst die Beherrschung verloren hat.

Michaela räusperte sich. »Tut mir leid, ich war ... der Sonnenuntergang, der Rotwein, da mußte so was ja passieren.«

Was sie nicht wissen konnte: Es traf Tanja wie ein Schock.

Benommen nickte Tanja, senkte schnell den Blick. Es war nicht nötig, daß Michaela mitbekam, wie enttäuscht sie war.

Und es war auch nicht nötig, daß Michaela noch mehr sagte, dachte Tanja betrübt. Sie verstand auch so. Wenigstens benutzte Michaela nicht wieder dieses Wort: Versehen.

Tanja stand auf. Sie hielt es nicht länger aus, neben Michaela zu sitzen. Bewegung würde auch helfen, der lähmenden Niedergeschlagenheit, die von ihr Besitz ergreifen wollte, entgegenzuwirken. Und eine, der Situation entsprechend, abgeklärte Erwiderung zustandezubringen – hoffentlich. Tanja nahm ihr T-Shirt auf, streifte es über. »Keine Sorge, ich werfe dir nichts vor. Ich weiß sehr gut, daß ich zu dem, was passiert ist, meinen Teil beigetragen habe.«

»Du meinst ...?« Michaela folgte Tanja mit den Augen.

»Ich meine, du mußt dir keine Sorgen machen. Alles ist in Ordnung.«

Michaela nickte. »Gut«, sagte sie. Auch wenn sie es überhaupt nicht gut fand, wie die Sache lief. Tanja betrachtete die Angelegenheit ja sehr ... erwachsen, um nicht zu sagen kühl.

Von Tanjas Niedergeschlagenheit ahnte Michaela nichts, fragte sich statt dessen: War für Tanja die Sache damit erledigt? Immerhin ... *Ja? Was war denn immerhin?* Sie hatten sich geliebt. Sie hatten beide bekommen, was sie in dem Moment wollten. *Du warst im Siebten Himmel. Aber jetzt ist es Zeit, wieder auf den Boden der Tatsachen zurückzukehren.* Tanja war unverkennbar bereits wieder dort angekommen.

»Hast du Hunger?« fragte Tanja jetzt. Ihre Stimme klang ungezwungen. »Dann solltest du auch duschen gehen. So zerzaust würdest du beim Frühstück zuviel Aufsehen erregen. Dein Image als Chefin wäre schon vor Antritt bis in alle Ewigkeit untergraben.« Sie rauschte ins Bad.

Dort fiel alle Lässigkeit schlagartig von Tanja ab. Sie setzte sich auf den Toilettendeckel, stützte den Kopf in die Hände, stöhnte unterdrückt. Das Zurschaustellen der Unbeteiligtheit hatte sie ihre letzte Kraft gekostet. Michaelas Geständnis, daß ihre Leidenschaft der letzten Nacht nur dem Wein und der ungewöhnlichen Stimmung zu verdanken sei, schmerzte. Da tröstete es sie auch nicht, daß es besser ausgesprochen war, weil sie so nicht irgendwelche falschen Hoffnungen zu nähren brauchte.

Seufzend erhob sie sich, stellte die Dusche an. Die würde hoffentlich alle dummen Illusionen wegspülen und sie so weit wiederherstellen, daß sie nachher, frisch und neu, zusammen mit Michaela beim Frühstück den Tag beginnen konnte, ohne sich anmerken zu lassen, wie schlecht sie sich fühlte.

»Wie sieht dein Tag heute aus?« fragte Michaela, während sie sich etwas Rührei in den Mund schob. Da Tanja nun einmal beschlossen hatte, die Geschehnisse der letzten Nacht mehr oder weniger zu übergehen, tat sie es ihr gleich.

»Soweit ich mich erinnere, habe ich frei«, erwiderte Tanja. Sie gab sich lässig, aber es kostete sie große Anstrengung, diese Fassade aufrechtzuerhalten. »Du dagegen . . .«

»Ich dagegen kann mich bei dem schönen Wetter in Gesprächen mit Hinz und Kunz in meinem eigenen Schweiß baden. Ich weiß.« Auch Michaela bemühte sich um einen lockeren Ton.

»In den Büros gibt es Klimaanlagen«, erinnerte Tanja sie. »Wenn du mich brauchst, ich werde am Pool sein.«

In der Mittagspause fand Michaela Tanja dann aber nicht am Pool, sondern auf der Terrasse ihres Bungalows, wo sie unter einem Sonnenschirm im Liegestuhl lag. Ihre weiche Haut schimmerte im hellen Licht. Tanja schien zu schlafen.

Michaela hatte plötzlich das unbezwingbare Verlangen, sie zu küssen. Ohne darüber nachzudenken beugte sie sich zu Tanja hinunter. Ihre Lippen berührten sanft Tanjas Hals.

Die zuckte zusammen. »Was machst du?« Obwohl es nicht in Tanjas Absicht lag, klang die Frage scharf. Sie war einfach zu überrascht.

Michaela zog sich sofort zurück. »Entschuldige. Ich . . .«

Tanja winkte ab. »Schon gut. Wieder so eine Stimmung, nehme ich an. Willst du was trinken? Im Kühlschrank steht Eistee und Bier.«

Michaela verbarg ihre Unsicherheit unter aufgesetzter Begeisterung. »Oh, herrlich. Ein kühles Bier wäre genau das richtige. Allerdings«, sie seufzte, »habe ich nachher noch einen Termin. Also werde ich mich wohl doch lieber an Eistee halten.« Sie ging in den Bungalow, wo es angenehm kühl und Tanjas Nähe nicht so präsent war. Dachte sie – denn plötzlich fragte Tanjas Stimme in ihrem Rücken: »Soll ich dir den Termin abnehmen? Dann kannst du dich zur Abwechslung mal im Pool amüsieren.«

Michaela drehte sich erschrocken um. »Äh, danke.« Sie lächelte schief. »Aber das ist nicht nötig. Die Sache wird nicht lange dauern, und danach bin ich dann ganz für dich da.«

Nun war es an Tanja, verwirrt zu sein. Ihr fragender Blick traf Michaela.

Michaela fing ihn auf – und begriff, wie Tanja ihre Bemerkung verstanden hatte.

»Oh, ich meine ... nicht so«, stotterte Michaela. »Ich meine, dann kann ich dir berichten.« Sie drehte sich wieder um, goß sich etwas Eistee in ein Glas. Ihre Hand zitterte dabei auffällig.

Tanja schalt sich wegen ihrer offenkundigen Unsicherheit. »Ja, klar«, stotterte nun auch sie. »Was sonst?« Sie ging wieder hinaus.

Michaela zögerte kurz, dann folgte sie ihr. Tanja stand auf der Terrasse, sah auf das tiefblaue Wasser des Ozeans.

Michaela ging zu ihr, stellte sich neben sie. »Vielleicht sollten wir über letzte Nacht reden ... wenn du willst«, sagte sie sanft.

Tanja wandte ihr das Gesicht zu. »Was gibt es da zu reden?« *Über eine Weinlaune!*

»Wie du damit klarkommst, zum Beispiel. Ob du es bereust.«

Tanjas offener Blick begegnete Michaela. »Ich bereue keine Sekunde. Im Gegenteil. Es fühlte sich gut an.«

Michaela legte ihre Hand auf Tanjas Arm. »So war es auch für mich«, versicherte sie. Mehr traute sie sich nicht zu sagen. Schon gar nicht, über ihre Gefühle für Tanja zu reden. Obwohl sie es gern getan hätte. Doch befürchtete sie, ein weiteres Mal zurückgewiesen zu werden.

»Aber die Voraussetzungen sind nicht gegeben, daß mehr daraus wird, nicht wahr?« fragte Tanja. *Bitte, Michaela, sag mir jetzt und hier, daß du mich liebst, und ich verzeihe dir alles!* flehte es in Tanja. *Sag mir, daß es mehr als Leidenschaft war, die mich in deine Arme zog.*

Doch Michaela nickte nur still. Sie glaubte, Tanja sprach von Ehrlichkeit, von Vertrauen zueinander, und wolle sie mit ihren Worten ein weiteres Mal daran erinnern, daß sie dieses Vertrauen mißbraucht hatte. So sagte Michaela nur: »Nein, das sind sie nicht.«

Tanjas ausgiebiges Seufzen bestätigte ihr lediglich, wie sehr die immer noch unter dem Vertrauensmißbrauch litt. »Dann brauchen wir auch nicht weiter darüber zu reden, denke ich«, sagte Tanja leise. Sie wandte sich um und ging ins Haus.

Diesmal folgte Michaela ihr nicht.

21.

Die Maschine landete bei schönstem Sonnenschein auf dem Berliner Flughafen. Tanja und Michaela checkten aus, nahmen ein Taxi. Auf die Überlastung des Berliner Stadtverkehrs war Verlaß. Zehn Minuten später standen sie im Stau.

»Willst du deinem Vater wirklich diese Analyse vorlegen?« fragte Michaela, nicht, weil sie daran zweifelte, sondern einfach, um etwas zu sagen.

»Natürlich. Wozu hätte ich sie sonst gemacht?« meinte Tanja abwesend.

Michaela nickte. Nichts anderes hatte sie erwartet. »Viel Glück damit. Hoffentlich bist du nicht zu sehr enttäuscht, wenn er ...« Michaela brach ab.

»Wenn er was?«

»Tanja. Ich weiß, du hast viel Energie in diese Analyse gesteckt, aber ehrlich gesagt, ich glaube nicht, daß dein Vater deiner Sache Beachtung schenken wird.«

Tanja zuckte mit den Schultern. »Aber ich kann ihn ja ein wenig an seinem schlechten Gewissen packen, nicht wahr? Er hat immerhin was gutzumachen.«

»Das wird nicht funktionieren.«

»Wir werden ja sehen.«

Michaela sollte recht behalten. Walter Kanter gab sich zwar sehr zerknirscht während der Aussprache mit seiner Tochter, das verhinderte aber nicht den darauffolgenden Streit, denn natürlich war Kanter nicht gewillt, den Vorschlägen seiner Tochter zuzustimmen. Er hörte nur der Form halber zu. Es lag nicht im entferntesten in seiner Absicht, Tanja so kurz nach ihrem Antritt schon derartige Entscheidungen zuzugestehen. Sie sollte sich erst einmal einarbeiten, wie er sagte.

»Ja, aber genau das habe ich doch die letzten drei Wochen gemacht«, versuchte Tanja ihn zu überzeugen. »Ich kenne jede einzelne Bilanz und komme gerade von einer zweiwöchigen Reise, in der ich alle unsere Hotels besucht habe, wie du weißt.«

Kanter nickte. »Natürlich weiß ich das, und ich schätze deine Initiative. Aber Tanja, es gehört etwas mehr zum Management einer Hotelkette als Zahlen miteinander zu vergleichen und Gebäude zu besichtigen.«

»Das weiß ich auch«, brummte Tanja.

Kanter tätschelte seiner Tochter wohlwollend den Arm. »Na also. Du mußt erst mal ein Gefühl für die Feinheiten entwickeln. Hat dir denn Frau Dietz das nicht erklärt?«

Tanja schniefte. »Doch, hat sie. Dabei war sie ja während der Reise eigentlich *meine* Assistentin und nicht deine. Daran mußte ich sie erst erinnern. Aber nun steht sie dir wieder zur Verfügung.« Tanja hatte beschlossen, Michaela freizugeben, damit sie ihre Stelle auf Gomera antreten konnte. Sie wollte Michaela nicht im Weg stehen. Und sie würde Michaela dann auch nicht mehr tagtäglich sehen und ständig daran erinnert werden, was alles passiert war. Sie würde sie gar nicht mehr sehen, einfach alles vergessen. Das war das beste!

»Schön.« Kanter nickte zufrieden. »Um aufs Thema zurückzukommen: Du warst doch in Hamburg so engagiert. Warum machst du dort nicht noch ein paar Wochen weiter? Als Assistentin des Managements.«

»Warum hast du dir soviel Mühe gegeben, mich in die Firma zu holen, wenn du mich nur aufs Abstellgleis schieben willst?« fragte Tanja beleidigt. Daß es nicht einfach werden würde ihren Vater zu überzeugen, hatte sie sich schon gedacht, aber daß er sich dermaßen taub stellte!

»Ich will dich doch nicht aufs Abstellgleis schieben«, versicherte Kanter seiner Tochter. »Ich finde nur, du hast viel zu wenig Erfahrungen, um solche tiefgreifenden Veränderungen zu fordern. Wie kannst du nach nur drei Wochen so überzeugt von dir sein? Was, wenn du irrst? Dann hast du nichts weiter erreicht, als vielen Menschen ernste Unannehmlichkeiten gemacht zu haben. Und natürlich verlierst du für den Rest der Tage dein Gesicht vor allen Mitarbeitern der Firma. Niemand wird dich je wieder als taugliche Geschäftsführerin anerkennen. Ist es das, was du willst?«

Tanja schaute ihren Vater verwirrt an. »Nein.«

»Siehst du.« Kanter lächelte nachsichtig. »Ich weiß, ihr jungen Leute lernt auf der Uni, daß man im Geschäft hart durchgreifen muß. Da ist sicher was Wahres dran. Nur wie mit allen Dingen im Leben gilt es auch hier, das richtige Maß zu finden.«

Tanja hatte deutlich den Eindruck, daß ihr Vater sie langsam einlullte. Doch es gelang ihr nicht, sich dagegen zur Wehr zu setzen. Am Ende mußte sie neidvoll zugeben, daß seine Redegewandtheit und Argumentation ihrer überlegen war. Ein Erfahrungsbonus.

Für einige Sekunden überlegte sie, ob sie auf ihren Ideen beharren und hinter dem Rücken ihres Vaters die Initiative ergreifen sollte, entschied sich aber aus zwei Gründen dagegen. Erstens war sie gerade mit ihm einig geworden, daß solche Methoden in der Familie Kanter von nun an nicht mehr zur Anwendung kommen sollten – und das galt natürlich auch für sie –, und zweitens hielt sie es für einen schlechten Führungsstil, der ihr bei den erfahrenen Managern der Firma keine Pluspunkte einbringen würde. Aber gerade die brauchte sie, um sich Gehör zu verschaffen.

Tanja schluckte also den aufkommenden Frust hinunter und entschied sich darauf zu verlegen, kleinere Brötchen zu backen, was so aussah, daß sie ihre Änderungsvorschläge in für ihren Vater leichter verdauliche Scheibchen schneiden würde.

»Also gut«, gab sie nach. »Ich werde deinem Wunsch nachkommen. Hamburg. Wie lange? Vier Wochen? Acht? Aber du mußt mir versprechen, daß wir danach dieses Gespräch wieder aufnehmen. Und du kannst dir sicher sein, daß ich die Zeit nutzen werde, meine Vorschläge zu untermauern.«

»Einverstanden«, sagte Kanter. »Und sei du dir sicher, ich werde die Zeit nutzen zu prüfen, ob deine Befürchtungen begründet sind.« Er zuckte mit den Schultern. »Ich gebe zu, du hast mich etwas nervös gemacht.«

Tanja lächelte. »Damit bin ich zufrieden.«

Das Klingeln des Telefons riß Tanja aus ihren Gedanken. Im Display stand der Name ihres Vaters. *Das ging aber schnell.* Es waren nur zwei Stunden seit ihrem Gespräch vergangen. Hatte er so schnell alles mit Hamburg geklärt? Sie nahm ab. »Ja?«

»Kannst du mir mal erklären, was in Frau Dietz gefahren ist?«

Tanja brauchte ein paar Sekunden, um zu erfassen, daß ihr Vater von Michaela sprach. »Was meinst du?«

»Komm doch mal bitte in mein Büro.« Er legte auf.

Tanja ging zum Büro ihres Vaters. »Was ist denn passiert?« fragte sie schon beim Öffnen der Tür.

»Setz dich bitte«, forderte Walter Kanter seine Tochter übellaunig auf.

Tanja kam sich vor wie eine Fünftklässlerin, die etwas ausgefressen hatte, aber wirklich keinen Schimmer hatte, was, und nun darauf wartete, was über sie hereinbrechen würde.

»Ich bin es leid. Wirklich verdammt leid«, begann ihr Vater verärgert. »Erst du und nun die Dietz.«

Tanja verstand immer noch kein Wort. »Kannst du dich etwas klarer ausdrücken?«

»Erst schießt du quer, und nun, wo das endlich geregelt ist, wirft mir Frau Dietz alles vor die Füße. Was hast du ihr getan?«

»Ich ihr? Na hör mal. Umgedreht wird ein Schuh draus, wie du ja wohl sehr gut weißt. Aber auch mit Michaela habe ich mich ausgesprochen.«

»Und warum kündigt sie dann?«

Jetzt war Tanja sprachlos.

Ihr Vater dagegen war in Rage. Es sprudelte nur so aus ihm heraus. »Ich verstehe diese jungen Dinger nicht. Die eine will zunächst nichts von der Firma wissen, verweigert jede Beteiligung, dann – fast von einem Tag auf den anderen – entscheidet sie sich plötzlich um und will am besten gleich die ganze Firma umkrempeln. Die andere will, jedenfalls dachte ich das bis heute, um jeden Preis eine Führungsposition, je mehr Verantwortung, desto besser, und dann plötzlich – nein danke.«

»Michaela hat gekündigt?« flüsterte Tanja mehr zu sich als zu ihrem Vater.

»Ja verdammt, davon rede ich doch die ganze Zeit.«

»Hat sie gesagt, warum?«

»Ha, ja. Persönliche Gründe. Das war alles. Also? Was ist los? Du mußt doch etwas wissen. Schließlich seid ihr beide Freundinnen.«

»Wie man es nimmt.« Genau das war es ja, was Tanja nach wie vor nicht einordnen konnte. Wie Michaela wirklich zu ihr stand. Wie echt oder unecht ihre Gefühle waren. Über welchen Grad der Zuneigung sie sprachen. War es Freundschaft, war es Verlangen oder was? Tanja wußte es beim besten Willen nicht zu sagen.

»Sie hätte dich kaum dazu gebracht, dich mit mir auszusprechen, wenn sie nicht in dich reingeschaut hätte. Und da sie sich nun einmal diese Mühe gemacht hat, glaube ich schon, daß sie wirklich deine Freundin ist.«

»Im Gegensatz zu dir habe ich Michaela ihr Verhalten *nicht* verziehen, und das weiß sie«, sagte Tanja und sah ihren Vater offen an. »Ich konnte nicht.«

Walter Kanter, eben noch hohe Gestalt und aufbrausend, sank in sich zusammen, ließ sich in seinen Stuhl fallen. »Ach Tanja. Es tut mir so leid, was passiert ist, das weißt du. Und daß eine Entschuldigung nicht genug ist, das weiß ich auch. Aber warum siehst du es mir nach und Frau Dietz nicht? Sie trägt nicht die Verantwortung dafür.«

»Doch. Genau wie du.«

»Na schön. Aber mir hast du doch auch verziehen.«

»Du bist mein Vater. Ich kenne dich, solange ich denken kann. Ich habe mich an deine Fehler gewöhnt.« Tanja lächelte traurig. »Sie ist ...«

»... nur meine Angestellte, ich weiß, aber ...«

»Sie ist die Frau, die ich geliebt habe. Bis ... bis ich davon erfuhr.«

Walter Kanters Körper richtete sich schlagartig wieder auf. Sein Kopf fuhr in die Höhe. »Was? Du ... aber ... Ich habe gar nicht gewußt, daß du ... daß du und sie ...« Er brach ab. Dann kam ihm die Erkenntnis: »*Sie* hat dich verführt!«

Tanja schüttelte nachsichtig mit dem Kopf. »Nein. Ganz im Gegenteil, Vater. Sie hat alles getan, es zu verhindern. Und am Ende ... ist es ihr dann ja auch gelungen, meine Gefühle für sie ... absterben zu lassen.« *Oder doch nicht? Wenn deine Gefühle so tot wären, wie du sagst, warum tut es dann immer noch so weh?*

Walter Kanter atmete sichtlich erleichtert auf. Er räusperte sich umständlich. »Na dann. Hm. Immerhin, anständig von ihr, sich jetzt zurückzuziehen.«

Tanja sah ihn an. »Bist du dir im klaren, Vater, daß Michaela durch uns alles verloren hat, was sie hatte? Ihren Job und ihre Lebenspartnerin.«

»Ist das wahr?« Kanter schaute unbehaglich drein. »Aber was ihr privat passiert, darauf habe ich doch keinen Einfluß. Und sie hätte ja nicht kündigen *müssen*.«

»Ach nein? Kein Einfluß auf ihr Privatleben? Wie nennst du es, wenn du ihr eine *Freundin* aufzwingst? Und was die Kündigung betrifft: Doch, sie mußte es tun. Weil sie zu anständig ist.« Tanja hätte nie geglaubt, daß sie das noch einmal über Michaela sagen würde. Müde stand sie auf. »Vielleicht habe ich ja dem falschen von euch beiden verziehen.«

Damit ließ sie ihren Vater allein. Der saß ziemlich perplex in seinem Sessel. Diese Erklärung für die Kündigung seiner Mitarbeiterin hatte er nicht erwartet.

Tanja ging zurück in ihr Büro. Das Gespräch mit ihrem Vater regte sie immer noch auf. Da hatte er sich ja mal wieder von einer seiner besten Seiten gezeigt. Dieser störrische alte Esel. Eben noch wütend, weil eine seiner Managerinnen ihn im Stich ließ, und zwei Minuten später dankbar für deren leisen Abgang, weil ihm das doch viel lieber war, als seine Tochter mit eben dieser Managerin liiert zu sehen. *Aber ganz abgesehen davon, wie willst du dich jetzt Michaela gegenüber verhalten? Willst du irgend etwas unternehmen?* Tja, das war eine gute Frage.

Michaela hatte sie belogen, und nur zufällig war die Wahrheit ans Licht gekommen. Michaela hatte sie immer wieder um Verzeihung angefleht, ihr versichert, wie sehr sie sie mochte. Als Michaela mit ihr schlief, war echte Leidenschaft im Spiel gewesen. Aber war da noch mehr?

Tanja wollte es gern glauben. Doch Michaela deutete nichts in dieser Richtung an. Aus Angst vor Zurückweisung oder aus mangelndem Interesse? Wäre es mangelndes Interesse gewesen, hätte Michaela, da hatte Vater vielleicht recht, sich nicht die Mühe machen müssen, ihr in endlosen Diskussionen den Weg aus ihrer Verbitterung heraus zu zeigen. Einen Weg zu ihrem Vater.

Andererseits nützte das auch Michaelas eigenen Interessen, weil die Versöhnung von Tochter und Vater den einzigen Gewinn aus den letzten Wochen Chaos garantierte, den Job als Hotelmanagerin. Als Michaela den aber in sicheren Händen hielt – gab sie ihn einfach weg.

Das alles war für Tanja äußerst verwirrend. Es gab keine klare Linie in all dem. Michaela tat so viele Dinge, die ihr Nutzen brachten, wenn sie es wollte. Aber tat sie es *nur*, um diesen Nutzen in Anspruch zu nehmen? Es sah oft danach aus. Und dann wieder nicht!

Tanja wußte, sicher war nur, daß die Dinge in Gang gekommen waren, weil Michaela auf Betreiben von außen die Freundschaft zu ihr gesucht hatte. Alles andere war eine Spirale von Ursache und Wirkung und Gegenwirkung, die Michaela, selbst wenn sie gewollt hätte, nicht unter Kontrolle hätte haben können.

Tanja faßte einen Entschluß. Sie fuhr zu Michaelas Wohnung. *Warum sich mit all diesen Gedanken plagen?* dachte sie. *Ich frage Michaela einfach, warum sie gekündigt hat und hoffe, daß ihre Antwort meinen Wünschen entspricht. Danach sehen wir weiter.*

Tanja klingelte an Michaelas Tür – und blickte verblüfft auf Vanessa, die ihr öffnete. Verwirrt blinzelte Tanja. Waren die beiden nicht getrennt?

»Ich . . . Ist Michaela da?«

»Nein.« Ein prüfender Blick folgte. »Willst du reinkommen?« Vanessa trat zur Seite. Tanjas Blick fiel auf ein paar gepackte Koffer, die im Flur standen. Vanessa folgte Tanjas Augen. Lächelnd sagte sie: »Wir fliegen in den Urlaub. Südsee. Hat Michaela dir das nicht erzählt? Wir wollen einen Neuanfang probieren.«

Tanja hörte die Worte wie durch eine Schicht Watte hindurch. Übrig blieben nur *Urlaub* und *Neuanfang*. Sie brauchte einige Sekunden, bis sie die Bedeutung hinter diesen Worten erfaßte. Selbst dann konnte ihr Kopf diese nur als Frage formulieren. Michaela und Vanessa waren wieder zusammen? Das konnte doch nicht sein!

Nein? Warum nicht? Vielleicht hängt Michaela mehr an Vanessa, als du geglaubt hast. Vielleicht hat Vanessa Michaela in einem dramatischen, bühnenreifen Schauspiel um Verzeihung für all ihre Sünden gebeten, und Michaela hat nachgegeben. Vielleicht hat Michaela dir nie gesagt, daß sie dich liebt, weil sie es nicht tut. Und vielleicht war eure gemeinsame Nacht nur das: eine Nacht. Nicht mehr.

Zwischen Michaela und Vanessa lief es ja schon eine Weile nicht mehr. Da hatte Michaela eben anderswo gesucht, was sie brauchte, und hatte es bekommen.

Du warst nur ein Ersatz. Jetzt ist Vanessa wieder da. Nur weil du mit dieser Wendung der Dinge nicht gerechnet hast, heißt das noch lange nicht, daß es so nicht sein kann. Du hast Michaelas Verhalten einfach überbewertet. Da war wohl eher der Wunsch Vater des Gedankens.

Tanja fühlte Tränen aufsteigen. Sie kämpfte dagegen an, merkte aber, sie würde den Kampf verlieren. Sie machte auf dem Absatz kehrt, ging eilig die Treppen hinunter. Unter gar keinen Umständen wollte Tanja Vanessa die Genugtuung geben, sie weinen zu sehen.

»Soll ich Michaela etwas ausrichten?« rief Vanessa ihr hinterher.

Tanja reagierte nicht darauf. Tränen schossen in ihre Augen.

Soviel zum Thema Liebe, dachte sie. *Wie blöd bist du eigentlich?* Michaela hatte nicht gekündigt, weil es ihr das Gewissen gebot. Sie hatte gekündigt, weil sie Vanessa zurückhaben wollte. Für *sie* hatte Michaela den Job sausen lassen, nicht für Tanja.

Tanja wischte sich mit der Hand übers Gesicht, kämpfte gegen den Tränenfluß an. *Und du wolltest ihr nicht im Wege stehen?* Das stand nie zur Debatte, jedenfalls nicht für Michaela.

Die Augen immer noch mit Tränen gefüllt, lief Tanja zu ihrem Mini, startete den Motor und fuhr los. Sie sah zu spät in den Rückspiegel. Der herankommende LKW riß den gerade aus der Parklücke rollenden Mini wie ein Papierauto mit, quetschte ihn zwischen sich und den anderen parkenden Wagen ein. Tanja bekam nur den Aufprall mit. Danach versank sie in dunkle Stille.

22.

Walter Kanter sah auf die unübersichtliche Anordnung von Schläuchen und Apparaten. In all dem konnte er seine Tochter kaum ausmachen, so blaß und schmal lag sie in dem Bett. Nur der Ton von Tanjas Herzfrequenz, ausgesandt von einem der Apparate, durchbrach die beängstigende Stille in dem kleinen Raum der Intensivstation.

Vorsichtig nahm Walter Kanter die Hand seiner Tochter, erschrak, wie kalt sie war. Die Ärztin neben ihm legte behutsam eine Hand auf seine Schulter. »Sie hat wirklich sehr viel Glück gehabt, Herr Kanter.«

Walter Kanter sah die Ärztin an. »Wird sie wieder in Ordnung kommen?«

»Es ist zu früh, darüber etwas zu sagen«, sagte sie leise. »Die Rippenbrüche und der Armbruch sind nicht so schlimm. Was uns Sorgen macht, ist die Kopfverletzung. Auf dem CT sind Blutungen des Gehirns zu erkennen. Bisher nur von geringem Ausmaß. Aber wenn sie stärker werden und der Hirndruck steigt, müssen wir operieren.«

»Was hieße das?« fragte Kanter mit gepreßter Stimme.

Die Ärztin bedeutete ihm, ihr zu folgen. Im Vorraum erklärte sie Walter Kanter: »Die Schädeldecke wird geöffnet, um Blutergüsse zu entfernen und die Blutungen zu stillen, damit die Schwellungen im Gehirn entlastet werden. Ansonsten kann es zu dauerhaften Schädigungen kommen. Sprachstörungen oder andere Lähmungen.«

»Wann wissen Sie mehr?«

»In ein, zwei Tagen haben wir eine vorläufige Diagnose. Aber auch Wochen nach dem Unfall kann eine langsame Sickerblutung noch problematisch werden. Ihre Tochter wird in jedem Fall einige Zeit in der REHA bleiben müssen, um sie zu überwachen.«

Kanter seufzte. »Wenn Tanja nur gesund wird.«

»Ihre Tochter bleibt jetzt zwei Tage auf Intensiv, dann kommt sie auf Station«, erklärte die Ärztin. »Sobald ihre Rippenbrüche ausgeheilt sind, kann sie in die REHA wechseln.«

»Wann kann ich sie wieder besuchen?«

»Jederzeit, so oft Sie wollen. Wenden Sie sich an mich, wenn Sie Fragen haben. Mein Name ist Doktor Erling.«

Kanter sah die hochgewachsene Frau an. »Danke, Doktor.«

Sie lächelte ihm aufmunternd zu und ging.

Walter Kanter stand vor der großen Glasscheibe, hinter der seine Tochter schlafend lag. In ihm arbeitete es. Tanja so liegen zu sehen, sich ihres beinahen Verlustes bewußt, brach alte Wunden auf. Erinnerungen, die er vergessen glaubte, stürmten auf ihn ein, legten sich beklemmend um sein Herz. Der Tod seiner Frau, der eine tiefe Leere in ihm hinterlassen hatte. Der lange Leidensweg seiner Tochter nach dem Unfall, der ihn jeden Tag schmerzlich an diese Leere erinnerte, und aus der er nur einen Ausweg sah: Die Flucht in die Arbeit. Eine Flucht, die zur langsamen Entfremdung zwischen ihm und Tanja geführt hatte.

Walter Kanter hatte es sich nie eingestanden, aber in diesem Moment tat er es: *Du hast deine Tochter damals im Stich gelassen. Du hast die Kluft zwischen euch geschaffen. Du warst ein miserabler Vater.*

»Herr Kanter?« hörte er hinter sich die leise Stimme Doktor Erlings. Er drehte sich um.

»Ich vergaß Ihnen zu sagen, die Sachen Ihrer Tochter, die sie bei der Einlieferung anhatte, und ihre Papiere liegen in der Unfallstation zur Abholung bereit. Und Ihre Tochter braucht ein paar persönliche Dinge, wenn sie ab übermorgen auf Station liegt. Zahnbürste etc.«

»Ich kümmere mich darum. Und ich möchte, daß sie ein

Einzelzimmer bekommt.«

»Selbstverständlich.«

»Lassen Sie bitte ein Sofa mit hineinstellen. Ich werde bei meiner Tochter übernachten.«

Die Frau nickte. »Wie Sie wünschen.« Dann ging sie.

Kanter sah ihr nach, drehte sich dann wieder zur Glasscheibe. *Ich werde denselben Fehler nicht noch einmal machen, Tanja. Diesmal bleibe ich bei dir.* Tanja sollte wissen, daß sie dem Richtigen verziehen hatte. Er war ihr Vater, und auch, wenn es nicht immer so aussah, er war ihr Verzeihen wert.

Tanja wurde am Morgen des dritten Tages auf Station überführt, wo Walter Kanter bereits auf sie wartete. Nachdem die Pfleger Tanja von der Transportliege in ihr Bett gehoben und das Zimmer verlassen hatten, trat er zu ihr. »Wie geht es dir?«

Tanjas Stimme klang zittrig, als sie antwortete. »Das Atmen fällt mir schwer. Schmerzen in der Brust.«

»Das ist normal bei Rippenbrüchen«, beruhigte Kanter seine Tochter. »Kannst du dich erinnern, was passiert ist?«

»Ich hatte einen Autounfall.«

»Ja.«

»Ich ... ich war bei Michaela.« Tanjas Stimme gewann langsam an Festigkeit.

»Was ...« Kanter zögerte. Das Thema behagte ihm nicht sonderlich. »Was wolltest du denn bei ihr?«

»Sie fragen, warum sie gekündigt hat.« Tanja machte eine Pause, in der sie Kraft sammelte, bevor sie weitersprach. »Sie fragen, wie es mit uns weitergeht.«

»Habt ihr ... euch gestritten?«

»Nein. Sie war nicht zu Hause. Nur ... « Tanja schloß die Augen. »Vanessa.«

Walter Kanter blickte fragend. »Wer ist Vanessa?«

Tanja öffnete ihre Augen wieder. Tränen standen darin. »Ihre schreckliche Ex-Freundin«, sagte sie. »Zumindest dachte ich, sie wäre Ex. Aber wie sich herausstellte, sind die beiden wieder zusammen.«

Walter Kanter schluckte sein Unbehagen angesichts der Tränen in den Augen seiner Tochter hinunter. »Du wußtest das nicht.« Er strich ihr tröstend über den nicht eingegipsten Teil des Armes.

»Nein. Ich war völlig ahnungslos. Michaela hat Vanessa während unserer Reise mit keinem Wort erwähnt. Ich hätte nie gedacht ...« Tanja brach ab. Wieder stürmten die Gefühle auf sie ein. Unglaube, Enttäuschung, Leere. Aber am schlimmsten war die Orientierungslosigkeit, die eigene Unfähigkeit zu fassen, was geschehen war.

»Soll ich Frau Dietz anrufen? Willst du mit ihr sprechen?« bot Kanter seiner Tochter an. Nicht, daß er dafür war, aber wenn Tanja es wollte.

»Nein!« sagte sie jedoch rigoros, und die Festigkeit in ihrer Stimme war schon erstaunlich eingedenk ihres Zustandes. »Michaela ist für mich gestorben.«

Kanter nickte. »Wie du meinst«, sagte er leise. »Und keine Angst, Tanja. Du hast ja mich. Versprochen.«

Tanja nickte kraftlos, aber dankbar. Sie wußte sehr wohl, was ihr Vater damit sagen wollte. Es war seine Art, sich zu entschuldigen.

Walter Kanter setzte sich zu seiner Tochter aufs Bett, lächelte ihr beruhigend zu, wartete, bis Tanja einschlief.

Am späteren Vormittag kam Doktor Erling ins Zimmer. »Frau Kanter. Wie geht es Ihnen?« fragte sie. Ihre Augen streiften Walter Kanter mit einem freundlichen Lächeln.

»Sie hat immer noch Schmerzen in der Brust«, antwortete Walter Kanter für seine Tochter.

Die Ärztin nickte. »Ja, das wird noch ein paar Tage anhalten. Wie ist es mit Kopfschmerzen?«

Tanja schüttelte langsam den Kopf. »Keine.«

»Gut. Sehr gut.« Doktor Erling lächelte. »Dann schauen

wir mal, daß Sie so schnell wie möglich wieder auf dem Posten sind. Das Bett für Sie, Herr Kanter, wird im Laufe des Nachmittags gebracht. Ich habe alles veranlaßt.«

»Vielen Dank.«

»Soll ich in der Küche Bescheid sagen? Dann bringt man auch für Sie ein Mittagessen mit rauf.« Kanter nickte schon, da kam Doktor Erling mit dem Vorschlag: »Oder wollen Sie lieber in der Kantine essen? Ich kann sie Ihnen zeigen. Müßte auch mal wieder was in den Magen bekommen.«

Tanja wunderte sich nicht schlecht, als ihr Vater sich räusperte, um zu erklären, daß er dem Kantinenessen den Vorzug geben würde. Eher der hochgewachsenen Ärztin, vermutete Tanja. Und der Eindruck drängte sich ihr auf, daß auch Doktor Erling im Moment weniger Augen für ihre Patientin als für deren Vater hatte. Walter Kanter sah seine Tochter fragend an.

Tanja nickte. »Ich komme schon allein klar. Und wenn nicht, kann ich ja nach der Schwester rufen.«

23.

Michaela hatte gehofft, Tanja würde sie anrufen, wenn sie von der Kündigung erfuhr. Es war doch klar, was das bedeutete. Mit dem Verzicht auf die Stelle bedeutete sie Tanja, daß der »Vertrag« mit ihrem Vater für sie null und nichtig, ihre Gefühle für Tanja echt waren.

Aber Michaela wartete vergebens. Mit dem Ende der Reise hatte sich für Tanja wohl auch das Kapitel um sie beide geschlossen. Michaela überlegte ein paarmal, ob sie Tanja anrufen sollte. Aber was wollte sie Tanja sagen, was die nicht schon wußte? Sie hatte doch wirklich alles probiert. Und dennoch war Tanja nicht bereit, ihr zu vergeben. Da gab es nichts mehr zu reden.

»Ich hätte mich nie auf diese Sache einlassen dürfen«, seufzte Michaela. »Was habe ich mir bloß dabei gedacht?« Sie saß bei Jana in der Küche.

Jana schaute sie mitfühlend an. »Du konntest doch nicht wissen, daß du dich in Tanja verlieben würdest.«

»Nein.« Michaelas nächster Seufzer war noch dramatischer. »Nein, natürlich nicht. Genau das war das Fatale. Sonst wäre es mir doch leichtgefallen, diesem Versteckspiel ein Ende zu bereiten. Aber so ... ich konnte es ihr einfach nicht sagen.«

»Was willst du jetzt machen?«

»Mir einen neuen Job suchen, was sonst?«

»Und Tanja?«

»Tanja wird ihren eigenen Weg gehen.«

»Du willst nicht versuchen, noch einmal mit ihr zu reden?«

»Was soll das bringen? Ich muß mich damit abfinden, daß es vorbei ist.«

Jana nahm Michaelas Hände in ihre. »Vielleicht, wenn ein

wenig Zeit vergangen ist, wird Tanja anders darüber denken.«

Michaela schüttelte den Kopf. »Ich glaube nicht. Sie ist sehr konsequent in allem, was sie denkt und tut. Du kennst sie nicht.«

»Dann … entschuldige«, Jana druckste ein wenig. »Aber dann liebt sie dich nicht genug.«

Michaela sah ihre Freundin traurig an. »Ja, das habe ich mir auch schon gesagt. Als Trost taugt das aber wenig.«

24.

Walter Kanter machte sich Sorgen. Tanjas physische Heilung schritt gut voran. Aber sie wirkte unbeteiligt.

Seit der Überweisung in die REHA zog Tanja sich mehr und mehr in sich zurück.

Bei seinen Besuchen versuchte Kanter seine Tochter so gut es ging aufzumuntern, aber er merkte deutlich, daß er schnell an Grenzen stieß. Das gelegentliche Lächeln, daß er Tanja entlockte, verschwand so schnell, wie es kam. Und Walter Kanter war intelligent genug sich zusammenzureimen, was die Ursache für Tanjas Lethargie war.

Innerlich verfluchte er den Grund – und vor allem sich selbst, da er ja den Stein ins Rollen gebracht hatte. Woher sollte er auch wissen, daß Michaela Dietz eine *solche* Wirkung auf seine Tochter haben würde. Das konnte doch kein Mensch ahnen. Sicher, früher oder später würde Tanjas Liebeskummer überstanden sein. Aber bis dahin mußte er warten und sie leiden sehen. Am besten, er gab Tanja, sobald sie aus der REHA entlassen wurde, eine verantwortungsvolle Aufgabe in der Firma. Vielleicht konnte er sich ein wenig zugänglicher ihren Ideen gegenüber zeigen. Es konnte nicht schaden, sich mal genauer anzuhören, was sie vorhatte. Vielleicht war ja doch etwas dran an der ganzen Sache? Das würde Tanja jedenfalls von ihren trüben Gedanken ablenken. Hatte bei ihm doch auch funktioniert, damals.

Hier kam Kanter mit seinen Überlegungen ins Stocken. Ja, es hatte funktioniert. Aber mit welchem Ergebnis? Er schlug sich als einsamer Wolf durch sein Leben. Wünschte er das seiner Tochter? Nein, ganz sicher nicht. Es war zwar ein angefülltes, aber kein zufriedenes Leben, was er führte. Wie viele lange, einsame Abende und Nächte hatte er verbracht?

Und wie wenige Menschen konnte er zu seinen Freunden zählen? So erstrebenswert war das nicht. Tanjas Kummer mit Arbeit zu betäuben war wohl doch keine so gute Idee. Er mußte etwas anderes finden.

»Herr Kanter? Sie? Ich dachte, Ihre Tochter wäre in der REHA.« Doktor Erling schaute den graumelierten Mann erstaunt an, der plötzlich unangemeldet in ihrem Büro stand.

Kanter nickte. »Ist sie auch.«

»Gibt es Probleme?« fragte die Ärztin besorgt.

»Nein. Ja. Wie man es nimmt.« Kanter zuckte hilflos mit den Schultern. »Hätten Sie einen Moment Zeit für mich?«

Walter Kanter wußte nicht zu sagen, warum er ausgerechnet zu dieser Frau ging, um nach Rat zu fragen. Sicher, sie machte einen intelligenten, kompetenten Eindruck. Aber sie war Ärztin. Da sollte man das voraussetzen. Nein, er wußte nicht, was es war – außer vielleicht ihre Art, den Kopf ein wenig zu neigen, wenn sie zuhörte. Und daß sie einem damit das Gefühl gab, als würde sie alle Zeit der Welt für ihr Gegenüber haben. Das Gefühl, daß man ihre hundertprozentige Aufmerksamkeit besaß – und ihre Anteilnahme. Dieses Gefühl hatte jedenfalls Walter Kanter, wenn er mit Doktor Erling sprach.

Die Ärztin wies auf den Stuhl vor ihrem Schreibtisch. »Bitte, setzen Sie sich doch. Worüber wollen Sie mit mir sprechen?«

»Ich weiß, Ihre Zeit ist knapp bemessen, und ich will Sie auch nicht länger als notwendig . . .«

»Genau wie Ihre Zeit, nehme ich an«, unterbrach die Ärztin Kanters umständliche Einleitung. Sie stützte ihre Ellenbogen auf den Schreibtisch, verschränkte die Hände ineinander und legte den Kopf darauf. »Also, wie kann ich Ihnen helfen?«

»Sie sind doch auch eine Frau . . .«, begann Kanter etwas hilflos.

Zwei dunkle Augen blitzten ihn spöttisch an. »Danke.«

Kanter rückte sich verlegen in seinem Stuhl zurecht. »Ich meine, ich brauche den Rat einer Frau, glaube ich. Und da ich nun mal keine andere Frau kenne, jedenfalls nicht so gut, um mir Rat zu holen, dachte ich, ich wende mich an Sie.«

Ihre Augenbrauen hoben sich. »Sagen Sie, Herr Kanter, wollen Sie mir Komplimente machen, oder suchen Sie wirklich Rat? Ist es ersteres, sind sie darin nicht sehr gut, und der Verdacht liegt nahe, daß sie wirklich kaum Umgang mit Frauen haben. Ist es letzteres, dann kommen Sie doch bitte endlich zur Sache.«

Walter Kanter knetete nervös seine Hände. Er war auf unerklärliche Weise aufgeregt, und er konnte sich nicht erinnern, wann er sich zum letzten Mal so gefühlt hatte. Die dunklen Augen der Ärztin schauten ihn fragend an. Und er glaubte eine Spur Wärme in ihnen zu erkennen. »Es geht um meine Tochter«, brachte er endlich hervor. »Bevor Tanja den Unfall hatte, erklärte sie mir, daß sie ... na ja ... ich weiß nicht recht, wie ich das sagen soll ... sie ist in eine Frau verliebt.«

Es regte sich nicht die Spur Überraschung im Gesicht der Ärztin. »Ja?« fragte sie lediglich. »Und weiter?«

»Tja, nun weiß ich nicht genau, was zwischen den beiden ... also ... war, aber die Frau, in die meine Tochter verliebt ist ... war ... war meine Angestellte. Ich hatte ihr aufgetragen, die Freundschaft meiner Tochter zu suchen. Ich wußte ja nicht ... sie sollte Tanja lediglich dahingehend beeinflussen, endlich ins Unternehmen einzusteigen.«

»Herr Kanter!« Vorwurf lag in der Stimme der Ärztin.

»Ich weiß, das war ... nicht sehr fein, aber Tanja hatte sich mir gegenüber komplett verschlossen.«

»Ihre Angestellte hat Ihren Auftrag erfüllt, aber Ihre Tochter hat sich in sie verliebt.«

»Genau.«

Die Ärztin zuckte mit den Schultern. »Wo ist das Problem? So, wie ich das sehe, ist alles in Ordnung.«

»Die Geschichte geht ja noch weiter.«

»Sie können es aber auch richtig spannend machen.«

Kanter sah sie an. War das Schalk in den Augen der Ärztin? Amüsierte sie sich über ihn?

»Die Frau ist zu ihrer Ex-Freundin zurück, meine Tochter sitzt jetzt mit einem gebrochenen Herzen da, und ich weiß nicht, wie ich ihr helfen kann.«

»Sie machen das doch schon ganz gut.«

»Was meinen Sie?«

»Ihnen fällt es offensichtlich schwer, die Orientierung Ihrer Tochter zu akzeptieren. Dennoch haben Sie sich durchgerungen, darüber zu reden. Machen Sie einfach weiter so. Zeigen Sie Ihrer Tochter, daß sie mit Ihnen über die Frau reden kann, über ihre Gefühle. Damit sie nicht allein damit ist.«

»Das soll helfen?« fragte Kanter skeptisch.

Ein sanftes Lächeln war die Antwort. »Es lindert, ein wenig. Natürlich bringt es die Frau nicht zurück.«

»Glauben Sie, *das* würde helfen?«

»Wenn die Frau zurückkäme?«

»Ja?«

»Nur, wenn sie es aus den richtigen Gründen täte. Und fragen Sie jetzt bitte nicht, was die richtigen Gründe sind!«

Nun lächelte Kanter. »So unbeholfen bin ich auch wieder nicht.«

»Wie schön.« Ein Schmunzeln.

Kanter stand auf. »Danke für das Gespräch.«

»Ich hoffe, ich konnte Ihnen helfen.«

Walter Kanter schaute die Ärztin nachdenklich an. »Allein es einmal vor jemandem auszusprechen, hat schon geholfen. Sie haben mich fast beschämt mit Ihrem Verständnis.« Er zögerte. »Noch eine Frage, Doktor Erling.«

»Ja?«

Walter Kanter schaute der Ärztin direkt in die Augen,

senkte dann leicht den Kopf, bevor er fragte: »So eine schöne, intelligente Frau wie Sie ist doch sicher in festen Händen?« Sein Kopf hob sich wieder, begegnete zum ersten Mal so etwas wie Überraschung in ihrem Gesicht.

»Herr Kanter? Was bezwecken Sie mit dieser Frage? Oder ist sie rein rhetorisch?«

Kanter lächelte erneut. »Wenn Sie es nicht wären, würde ich Sie gern fragen, ob ich Sie zum Essen einladen dürfte.«

Die Augen der Ärztin ruhten prüfend auf ihm. »Würden Sie, wenn ich nicht frei wäre, diese Frage nicht stellen?«

Er hob entschuldigend die Hände. »Wissen Sie, ich bin ein richtig altmodischer Knochen.«

Sie seufzte. »Das habe ich befürchtet.«

Kanter nickte, wandte sich zum Gehen. »Auf Wiedersehen. Und danke.«

»Ich habe Freitagabend frei«, gluckste ihre volle, warme Stimme hinter ihm.

Er drehte sich um.

Zwei dunkle Augen sahen ihn spitzbübisch an.

25.

Walter Kanter saß im Zimmer seiner Tochter in der REHA-Klinik. Sie spielten Schach. Schon zum zweiten Mal machte Walter Kanter einen Schußligkeitsfehler. Es kostete ihn nach dem Turm einen Läufer.

»Was ist denn los mit dir, Vater?« fragte Tanja. »Du bist irgendwie gar nicht bei der Sache. Ärger in der Firma?«

»Nein. Alles in Ordnung.« Walter Kanter sah angestrengt auf das Schachbrett.

»Aber du bist heute so fahrig. Dich beschäftigt doch irgend etwas.«

Nun seufzte ihr Vater. »Ich habe etwas Dummes gemacht, Tanja.«

»Du?« Tanja schüttelte energisch mit dem Kopf. »Das kann ich mir kaum vorstellen.«

»Doch«, sagte er und sah dabei recht unglücklich drein. »Ich fürchte, ich muß dir etwas beichten.«

Tanja zuckte nur mit den Schultern. Was konnte das schon sein?

»Ich war bei Doktor Erling.«

»Bei der Ärztin? Was wolltest du dort?«

»Ich ... brauchte jemanden zum Reden. Wegen dieser Sache zwischen dir und Frau Dietz.« Walter Kanter brachte Michaelas Vornamen immer noch nicht über die Lippen. Es war ihm zu – nah. »Weißt du, Tanja, ich weiß nicht, wie ich damit umgehen soll, wenn zwei Frauen ... Ich weiß nur, du sollst mit mir über alles reden können. Ich sage nicht, es macht mir nichts aus. Aber es wäre viel schlimmer, wenn wir uns wieder voreinander verschließen.«

Tanja schaute ihren Vater lange an. »Das hätte ich dir gar nicht zugetraut.« Nach einer nachdenklichen Pause fragte sie leicht verschmitzt. »Und? Was hat die Expertin dir geraten?«

»Na ja, eben genau das. Ich soll dir sagen, daß du mit mir reden kannst. Über alles.«

Tanja seufzte. »Leider gibt es nicht sehr viel darüber zu reden, Vater. Michaela hat sich entschieden. Und ich muß das akzeptieren.«

»Ja, da hast du wohl recht. Ich will auch nur sagen, wenn du dich mal ausheulen willst, dann nicht in deinem stillen Kämmerlein, sondern an meiner Schulter. Okay?«

Ein schwaches Lächeln war die Antwort.

»Ach, ähm, da ist noch etwas.«

»Was denn noch?«

»Ich habe Doktor Erling zum Essen eingeladen.«

Tanjas Kopf fuhr in die Höhe. »Du hast was?« Sie konnte sich nicht erinnern, daß ihr Vater in den letzten Jahren jemals ein Rendezvous gehabt hatte.

Walter Kanter druckste verlegen. »Es hat sich irgendwie angeboten, nachdem ich ihr soviel über uns erzählt habe.«

Tanja interessierte nur eines. »Wann?«

»Freitagabend.«

»Freitagabend gehst du seit Jahr und Tag in den Segelklub zum Herrenabend.«

Er grinste schelmisch. »Dann kann ich das ja *einmal* absagen.«

Es brauchte nicht viel Menschenkenntnis, um zu bemerken, daß in ihrem Vater eine Veränderung vorging. Tanja, die nach sechs Wochen REHA wieder zu Hause war, hatte ihren Spaß daran, ihn damit aufzuziehen.

Darüberhinaus war ihr allerdings nicht sehr nach Scherzen oder Lachen zumute. Acht Wochen lag ihr Unfall jetzt zurück, acht Wochen hatte sie Michaela weder gesehen noch etwas von ihr gehört.

Aber warum sollte Michaela sich auch melden, wenn sie wieder mit Vanessa zusammen war? Es mußte ja gut laufen mit den beiden. *Ich will auch gar nichts von ihr hören,* dachte Tanja trotzig. Wozu sollte das gut sein?

»Hast du etwas dagegen, wenn ich Frau Erling morgen abend einlade?« unterbrach Walter Kanter die Gedanken seiner Tochter.

»Wieso? Hast du doch schon oft getan.«

Kanter räusperte sich. »Ich meine hierher. Zu uns. Und ich möchte gern, daß du mit uns ißt.«

Tanja horchte auf. »Klingt ja fürchterlich ernst.«

»Ist es nicht«, versuchte ihr Vater herunterzuspielen. »Aber ich finde, du solltest sie näher kennenlernen. Elvira ist eine sehr kluge Frau. Wir werden uns gut unterhalten.«

»Das ist sicher das, was dich am meisten an ihr fasziniert. Nicht ihre tiefschwarzen Augen, nicht ihr edles Gesicht und schon gar nicht ihre fantastische Figur.« Tanja grinste frech.

Kanter runzelte die Stirn. »Ich mag es nicht, wenn du über die Reize anderer Frauen sprichst. Schon gar nicht . . .«

». . . über ihre«, beendete Tanja seinen Satz. »Ist sie auch so prüde?« Tanja wartete nicht auf eine Antwort, sondern kombinierte selbst. »Nein, das glaube ich nicht. Dann würdest du dich nicht für sie interessieren.«

»Ihr beide werdet euch gut verstehen«, meinte Walter Kanter zerknirscht. Er hob scherzhaft drohend den Zeigefinger. »Wehe, du verbündest dich mit Elvira gegen mich.«

»Hat sie dir etwa schon gesagt, wie altmodisch du bist?« fragte Tanja.

»Mehr als einmal«, konnte er nicht umhin zuzugeben.

»Ich mag sie jetzt schon«, verkündete Tanja daraufhin.

Ein Lächeln huschte über das Gesicht ihres Vaters. Er freute sich, daß Tanja durch die Neugier auf den Abend von ihrer Trübsal ein wenig abgelenkt wurde.

Frau Doktor Erlings Erscheinung, das Wort fand Tanja nicht übertrieben, übertraf ihre Erinnerung an die Frau im weißen Kittel um Längen. Obwohl die bereits beeindruckend war.

Tanja verstand ihren Vater sehr gut. Diese Frau konnte schon durch ihr Äußeres imponieren. Wenn sich dann noch Klugheit und Humor dazugesellten, stellte sich nur eine Frage: Warum war die Frau noch zu haben? Tanja konnte sich nicht verkneifen, die Frage laut zu stellen. Den entsetzten Blick ihres Vaters ignorierte sie.

»Vor einem guten Jahr habe ich mich von meinem langjährigen Lebensgefährten getrennt und damals beschlossen, mich etwas zurückzuziehen«, antwortete Elvira Erling bereitwillig.

»Das klingt, als wären sie hundert Jahre zusammen gewesen«, meinte Tanja.

Die Frau lachte. »Sie wollen wissen, wie alt ich bin? Einundfünfzig.« Ein belustigter Blick in Tanjas Richtung, dann in die ihres Vaters. »Ist Ihre Neugier damit befriedigt? Wer von euch beiden ist hier eigentlich hinter mir her?«

Tanja errötete normalerweise nicht sehr schnell. Aber diese Offenheit war selbst für sie nicht leicht zu verdauen. »Deshalb habe ich nicht gefragt«, preßte sie verlegen hervor.

»Wollen wir nicht zu Tisch gehen?« fragte Walter Kanter. Auch er verdaute soviel Direktheit nur langsam. Eine verlegene Pause entstand, in der beide Kanters es vermieden ihren Gast anzusehen.

»Entschuldigung«, sagte Elvira Erling. »War nicht so gemeint. Ich bin ... einfach nur nervös. Seit sechs Wochen macht mir der Mann hier den Hof, und nun lädt er mich in sein Haus ein. Puh. Geht es noch offizieller?«

Nun lachten sie alle drei. Das Eis war gebrochen.

»Wie geht es Ihnen, Tanja? Auch nach der REHA keine Kopfschmerzen?« fragte Elvira Erling, ganz forschende Ärztin.

»Nein, keine. Nur wenn ich ins Büro meines Vaters komme, wo er diese fürchterlichen Zigarren raucht.«

Elvira schmunzelte. »So? Interessant. Er hat mir gar nicht gesagt, daß er raucht.«

Walter Kanter sah betreten zu Elvira. »Wo Sie doch Ärztin sind, wollte ich mich nicht Ihrer Mißbilligung aussetzen.«

»Vater!« Tanja schüttelte den Kopf. »Das riecht doch jeder, sobald du einen Raum betrittst.«

»Wirklich?«

Beide Frauen nickten synchron.

»Oh. Aber warum . . .« Sein fragender Blick hing an Elvira.

»Ich fand es irgendwie süß, daß Sie versucht haben, es zu verbergen«, sagte sie. »Sie sind aber ein schlechter Schauspieler, Walter.« Sie nannte ihn das erste Mal in Tanjas Gegenwart beim Vornamen, und ihre Stimme klang weich dabei. »Jedem, der sich in Ihrer Nähe eine Zigarette ansteckte, schickten Sie neidvolle Blicke hinterher.«

»Und Sie haben zugelassen, daß ich so leide?« beschwerte Walter Kanter sich bei ihr.

»Ich habe Sie nicht gezwungen sich zu verstellen. Ich fand es angebracht, daß Sie dafür ein klein wenig bestraft werden.«

Tanja kicherte. »Wann wirst du es endlich lernen, Vater? Lügen haben kurze Beine.«

Ergeben senkte Kanter den Kopf.

»Ihr Vater hat mir von seiner letzten Glanzleistung erzählt«, knüpfte Elvira Erling an Tanjas Bemerkung an. »So etwas kann sich wirklich nur ein Mann ausdenken.«

Tanjas Lachen erstarb. »Er war nicht allein an der Sache beteiligt«, sagte sie ernst.

»Ja, ich weiß. Eine schlimme Erfahrung für Sie, Tanja.«

Walter Kanter hob bedauernd die Hände. »Wenn ich es rückgängig machen könnte, glaubt mir, ich würde es tun.«

»Ach, was soll's?« Tanja setzte einen optimistischen Gesichtsausdruck auf. »Ich komme darüber hinweg. Und wäre Michaela nicht gewesen, Vater, würden wir beide immer noch nebeneinanderherleben. Im Grunde verdanken wir ihr eine Menge.«

Elvira Erling betrachtete Tanja nachdenklich. »Sind Sie

nicht wütend auf diese Frau?«

»Schon lange nicht mehr«, war Tanjas leise Antwort.

Elvira nickte. »Verstehe.« Überflüssig zu fragen, ob Tanja diese Michaela noch liebte. Es stand deutlich in ihr Gesicht geschrieben.

Walter Kanter seufzte. »Tanja hat recht. Im Grunde verdanken wir Frau Dietz unseren neuen Hausfrieden. Und Ihnen, Elvira. Dank Ihres Rates konnte ich mich mit Tanja in einer anderen, ebenso wichtigen Angelegenheit aussprechen.« Er lächelte ihr zu.

Elvira Erling speicherte schnell einen Namen ab. Michaela Dietz. *Aha, na, mal sehen.* Zu den Kanters sagte sie: »Sie beide scheinen mir öfter auf Hilfe von außen angewiesen.«

Das Lächeln ihrer Augen, das Tausende verschiedene Nuancen annehmen konnte, schimmerte diesmal gutmütig.

»Du magst Elvira«, stellte Tanja fest, als sie gegangen war.

Walter Kanter gab sich keine Mühe mehr, es zu verbergen. »Ja. Sie ist eine beeindruckende Frau.«

Tanja legte ihren Arm auf den ihres Vaters. »Ich freue mich für dich, wirklich. Wurde auch Zeit, daß du mal wieder etwas mehr an dich denkst.«

»Ich habe ein schlechtes Gewissen dir gegenüber«, gestand Walter Kanter.

Tanja schaute ihn fragend an. »Ein schlechtes Gewissen? Wieso?«

»Mein Glück baut sozusagen auf deinem Unglück auf. Hättest du den Unfall nicht gehabt ... und den hattest du nur, weil du und Michaela ... weil das mit euch beiden nicht funktioniert hat.«

»So ein Unsinn. Vergiß das mal schnell wieder. Du hast Elvira kennengelernt, weil sie meine Ärztin war, ja. Aber alles andere ist doch wirklich der pure Zufall. Das Leben ist nun mal so. Eine Sache zieht die andere nach sich. Manchmal können wir Einfluß darauf nehmen und manchmal nicht.

Aber selbst wenn wir es können, heißt das noch lange nicht, daß die Dinge sich so entwickeln, wie wir es wollen. Es kann auch das absolute Gegenteil von dem passieren, was wir beabsichtigen. Es sind einfach zu viele Faktoren, die eine Rolle spielen. Während wir hier sitzen und uns unterhalten, könnte Elvira auf dem Heimweg etwas passieren. Sind wir dann daran schuld, weil sie zum Abendessen bei uns war, oder weil wir sie zu genau dem Zeitpunkt verabschiedet haben, wie wir es nun taten, nicht früher oder später? Wohl kaum.«

Walter Kanter setzte sich in seinen Lieblingssessel. »Du hast recht. Es ist müßig, darüber zu spekulieren.«

Tanja setzte sich ihm gegenüber. »Genauso müßig, wie es ist, dir meine Ideen hinsichtlich einiger Änderungen in der Firma nahezulegen?«

Kanter lächelte nachsichtig. »Du erwischst mich heute in Geberlaune. Also gut. Reden wir darüber. Aber . . .« Er hob die Hand, als Tanja sofort mit ihren Erläuterungen beginnen wollte. »Vorher hole ich noch eine Flasche von diesem köstlichen Wein aus dem Keller, den wir zum Abendessen hatten.«

Das Gespräch mit ihrem Vater brachte Tanja die Einsicht, daß ihr Vater nicht zu den Menschen gehörte, die aufgrund einer Verliebtheit alles um sich herum vergaßen. Aber, Tanja lächelte verschmitzt vor sich hin, ein klein wenig weicher machte es ihn denn doch.

Er war gewillt, sich ihren Ideen zu öffnen, mit Vorbehalt, wie er betonte. Tanja sollte ihre Ideen in konkrete Empfehlungen fassen, diese mit Fakten und Zahlen belegen. Dann wollte er sie dem Vorstand vorlegen. Was nicht hieß, daß der Vorstand die Empfehlungen guthieß.

Tanjas Einwurf, daß sein Wort genügte, den Beschluß des Vorstandes umzukippen, überging er mit den Worten: »Ja, aber ich habe es mir nun mal zur Gewohnheit gemacht, meinem Vorstand zuzuhören. Dazu habe ich ihn ja.«

Dennoch war Tanja mit ihrem Teilerfolg zufrieden.

26.

»Jana. Hallo. Schön, daß du kommen konntest.« Elvira Erling stand auf, begrüßte ihre Nichte mit einer Umarmung.

Jana küßte ihre Tante flüchtig auf die Wange. »Du weißt doch genau, wie du mich kriegst, Tantchen. Bei deinen mysteriösen Andeutungen mußte ich ja kommen. Die Neugier zerreißt mich schier. Erzähl, worum geht es?«

»Zunächst einmal, bitte nenn mich nicht Tantchen. Ich hasse das, und das weißt du«, beschwerte Elvira Erling sich, allerdings mit wenig Ernst in der Stimme.

»Tschuldigung«, gluckste Jana.

»Und zum zweiten, immer mit der Ruhe. Willst du auch einen Kaffee oder lieber etwas anderes?«

»Ich denke, ich kann einen Kaffee gut vertragen. Bin völlig ausgelaugt. Der Tag war höllisch stressig.«

Elvira bestellte bei der vorbeikommenden Bedienung zwei Kaffee.

»Aber nun endlich raus damit«, verlangte Jana. »Wie komme ich zu dieser unverhofften Einladung?«

Elvira lächelte leicht. »Es wird dir seltsam vorkommen. Aber ich brauche dein unerschöpfliches Wissen über die Lesbenszene.« Sie wappnete sich innerlich vor dem unvermeidlichen, witzelnden Kommentar.

»Tantchen! Du willst doch nicht das Ufer wechseln?« ließ Janas sensationslüsterner Ausruf Elvira dennoch zusammenzucken. »Ups. Tante Elvira, meine ich natürlich.«

Elvira schüttelte nachsichtig den Kopf. »Nein, Kleines.«

»Ein herber Verlust für unsere Seite«, klagte Jana übertrieben. »Ich sage dir, du hättest Chancen ohne Ende.«

»Die habe ich auch so«, erwiderte Elvira trocken. »Kannst du jetzt bitte einen Gang zurückschalten und mir zuhören?«

Jana verzog das Gesicht zu einem Flunsch. »Hör einfach auf, mich auf die Folter zu spannen.«

»Schon gut.« Elvira nickte der Kellnerin dankend zu, die den Kaffee brachte. An ihre Nichte gewandt fragte sie: »Kennst du eine Michaela Dietz?«

Jana, die vorsichtig an ihrem noch heißen Kaffee nippte, verschluckte sich fast. »Mist«, fluchte sie. *Woher kannte Tantchen denn Michaela?*

»Jana?«

»Äh, ja. Warum willst du das wissen?«

Statt auf ihre Frage zu antworten, forschte Elvira weiter. »Wie gut kennst du sie?«

Jana zuckte mit den Schultern. »Ziemlich gut.«

»Könntest du mir ein Treffen mit ihr organisieren?« fragte Elvira.

»Du sagtest doch eben, du willst nicht die Seiten wechseln«, stichelte Jana. »Und nun gleich ein Date.«

»Date, Blödsinn. Jana, du bist wirklich kindisch. Man kann ja wohl mit jemandem reden wollen, ohne Hintergedanken dabei zu haben. Also *ich* kann das jedenfalls.«

»Was willst du denn von Michaela?« fragte Jana neugierig.

»Ich? Nichts. Aber ich kenne da jemanden, der ... Frag Michaela, ob sie über Tanja Kanter reden will.«

Jana glaubte sich verhört zu haben. »Tanja?« rief sie erstaunt.

Elvira verstand ihre Aufregung nicht. »Ja, Tanja Kanter. Kennst du die etwa auch?«

»Allerdings.«

»Was hältst du von ihr?«

Jana musterte ihre Tante, versuchte zu erraten, worauf dieses Gespräch abzielte. »Sie ist ein nettes Mädchen. Und leider ist Michaela sehr unglücklich ihretwegen.«

Elvira zog die Augenbrauen hoch. »Wie das?« Soweit sie es in Erinnerung hatte, war Michaela wieder mit ihrer früheren Freundin zusammen. Warum also war sie unglücklich wegen

Tanja?

»Es ist einfach alles schiefgelaufen zwischen den beiden, was schieflaufen kann«, erklärte Jana. Sie war voll in ihrem Element. Was gab es Schöneres als über die Beziehungen ihrer Freundinnen zu reden. »Nun sitzt Michaela da, allein und unglücklich.«

»Allein? Tanjas Vater sagte mir, Michaela ist wieder mit ihrer Ex zusammen.«

»Mit Vanessa? Blödsinn. Die beiden sind ein für alle Mal auseinander. Und warum überhaupt Tanjas Vater? Was hat der damit zu tun?«

Elvira rührte schweigend in ihrem Kaffee.

»Tante Elvira?«

»Ich habe Tanja über ihren Vater kennengelernt.«

Jana grinste breit. »Tantchen!«

»Der Mann ist so furchtbar altmodisch, daß es schon wieder schön ist«, schmunzelte Elvira vor sich hin. Dann fiel ihr auf, daß dies eigentlich gar nicht hierhergehörte. Sie räusperte sich leicht. »Herr Kanter kam zu mir, weil er Rat wegen seiner Tochter suchte.« Das gehörte zur Sache.

»Warum ausgerechnet zu dir?«

»Tanja lag nach einem Unfall für einige Tage bei uns auf der Intensivstation.«

»Tanja hatte einen Unfall?« Jana war, als fiele sie heute von einer Ohnmacht in die andere. »Davon weiß ich ja gar nichts. Und Michaela auch nicht.«

»Sie hat alles gut überstanden«, beruhigte Elvira Erling ihre Nichte. »Was meinst du?« fragte sie dann mit einem verschwörerischen Lächeln. »Sollten wir den beiden nicht etwas auf die Sprünge helfen?«

Jana grinste zurück. »Ich kann ja nur für Michaela sprechen, aber da lege ich meine Hand dafür ins Feuer, daß sie total in Tanja verliebt ist.«

Elvira nickte. »Tanja geht es mit Michaela nicht anders. Da muß doch was zu machen sein.«

»Eine Nachuntersuchung?« wunderte Tanja sich. »Davon haben sie in der REHA gar nichts gesagt.« Sie sah Elvira an. Die war in den letzten Tagen öfter Gast bei Kanters und kam heute mit dieser für Tanja unerwarteten Neuigkeit.

Auch Walter Kanter wußte nicht, was er von der Sache halten sollte. »Gibt es Anlaß zur Sorge?« fragte er beunruhigt.

»Das ist reine Routine.« Elvira Erling lächelte beruhigend. »Keine Angst. Wir wollen einfach auf Nummer sicher gehen.« Sie sah Tanja an. »Komm einfach morgen ins Krankenhaus. Da machen wir ein abschließendes CT.«

»Gut.« Tanja zuckte mit den Schultern. »Wann?«

»Zehn Uhr?«

»In Ordnung.«

Elvira Erling war sehr zufrieden. Jetzt mußte nur noch Jana ihren Teil der Aufgabe erledigen.

»Ein Job als Verwaltungsangestellte im Krankenhaus? Also Jana, ich weiß wirklich nicht.«

Jana tat entrüstet. »Du kannst es dir im Moment nun wirklich nicht aussuchen, Michaela. Ich habe meine Tante eine halbe Stunde lang bekniet, daß sie in der Personalabteilung anruft und ein gutes Wort für dich einlegt. Jetzt mußt du auch zu dem Vorstellungsgespräch hingehen. Ansonsten blamierst du nicht nur mich, sondern auch meine Tante bis auf die Knochen.«

Michaela war Jana zwar dankbar für ihre Hilfe, verstand aber deren plötzliche Übereifrigkeit nicht. »Du tust ja gerade so, als wären zwei Monate Arbeitslosigkeit der Weltuntergang.«

»Zwei Monate, genau! Dabei wollen wir es doch auch belassen. Denn bevor du es noch richtig wahrnimmst, verfällst du in eine Lethargie und kommst mit dem Hintern nicht mehr hoch von der Couch. Schluß jetzt mit der Selbstmitleidsnummer! Das Leben geht weiter.«

»Jana! Bitte nerv mich nicht!«

»Ach so ist das. Jetzt nerve ich die Dame. Aber um sich auszuheulen war ich gut genug.«

Michaela verdrehte die Augen. »Also gut! Ich gehe da hin. Damit du endlich Ruhe gibst. Wahrscheinlich ist die Stelle sowieso schon besetzt. Wann und wo?«

Jana atmete erleichtert auf. War das ein Stück Arbeit gewesen!

»Morgen zehn Uhr, Büro von Doktor Elvira Erling«, sagte sie schnell, bevor Michaela es sich wieder anders überlegen konnte. Dann drehte sie sich von Michaela weg, damit die ihr Grinsen nicht sah. Nun war es den beiden überlassen, was sie aus diesem Zusammentreffen machten.

Elvira Erling schaute zur Uhr, als es an ihre Bürotür klopfte. »Herein«, rief sie.

Tanja war überpünktlich, eine Viertelstunde zu früh. Sie würde sie etwas hinhalten müssen. An der Anmeldung hatte Elvira Bescheid gegeben, daß man sie anrufen sollte, wenn eine Michaela Dietz nach ihr fragte. Dann würde sie unter einem Vorwand ihr Büro verlassen und Tanja alleinlassen.

Ob die beiden jungen Frauen miteinander reden und den Wall von Irrtümern, der ihnen den Weg versperrte, aus der Welt schaffen würden? Elvira Erling hoffte es.

»Du bist früh dran. Wirst noch ein wenig warten müssen.«

»Macht nichts. Eine Pause kann ich gut gebrauchen.« Die Arbeit im Büro würde nicht weglaufen, dachte Tanja. Im Gegenteil. Ihr Vater schien seine Meinung wirklich geändert zu haben. Von Hamburg war nicht mehr die Rede. Er schickte Tanja von allen Vorgängen eine Kopie zu, wünschte ihre Anwesenheit in Besprechungen, machte sie mehr oder weniger zu seinem Schatten. Tanja hatte den Verdacht, seit er Elvira Erling kannte, war ihm seine Firma manchmal ein wenig hinderlich, weil sie ihm nur so wenig Zeit ließ. Zeit, die er liebend gern mit dieser Ärztin hier verbracht hätte. Anders konnte Tanja es sich nicht erklären, daß sie sich plötzlich mit Zuständigkeiten konfrontiert sah, die Walter Kanter noch vor kurzem unter keinen Umständen aus der Hand gegeben hätte. Erst heute morgen hatte er ihr die Übernahmepläne eines Komplexes in Kroatien geschickt.

»Einen Kaffee?« fragte Elvira.

Tanja nickte. »Ja danke, sehr gern.«

Elvira holte eine Tasse aus einem Schrank und schenkte Tanja Kaffee aus der Thermoskanne ein, die auf dem Schreibtisch stand.

»Wie geht es in der Firma?«

»Vater schüttet mich förmlich zu mit Arbeit. Ich brauche unbedingt wieder eine Assistentin«, meinte Tanja immer noch gedankenversunken und dachte an Michaela. Sie wäre genau die richtige für diesen Job. Aber leider war sie so unerreichbar wie irgendwas.

»Dann mach eine Ausschreibung.«

»Ja, das werde ich wohl tun.«

»Und sonst?« wollte Elvira wissen. »Alles in Ordnung?«

»Was meinst du?«

»Ach, nur so. Könnte ja sein, es gibt was Neues. Eine neue Freundin zum Beispiel.«

Tanja schaute über ihre Kaffeetasse hinweg die Freundin ihres Vaters an. Seit wann interessierte sich Elvira für ihr Liebesleben? »Nein«, sagte sie langgezogen. »Soll ich dich informieren, wenn sich das ändert?« fragte sie scherzhaft.

Elvira grinste. »Ach ja, bitte.«

Das Telefon klingelte. »Erling.« Es war die Anmeldung. »In Ordnung«, sagte Elvira und legte auf. Sie wandte sich an Tanja. »Ich muß mal kurz weg. Warte hier. Wenn ich wiederkomme, gehen wir zusammen rüber zum CT.«

»Ich kann doch auch allein . . .«

»Nein, nein. Ich muß mit dem Arzt dort sowieso etwas besprechen. Bitte warte auf mich.«

Tanja war es recht. »Wie du meinst.«

Elvira verließ eilig ihr Büro.

Tanja stand auf, ging um den Schreibtisch herum, stutzte. Oh, wie interessant! Dieser kleine Bilderrahmen zeigte ein Foto ihres Vaters. Ja, eine beeindruckende Erscheinung war auch er. Die beiden paßten wirklich gut zueinander, stellte Tanja fest.

Es klopfte.

»Herein«, rief Tanja in der Annahme, es sei einer von Elviras Kollegen. »Doktor Erling ist nicht hier, sie kommt aber gleich wieder«, sagte sie, während sie den Blick von dem Bild löste und den Kopf hob.

»Oh, dann warte ich drau... Du?« Michaela blieb vor Überraschung wie angewurzelt stehen. Auch Tanja verhielt regungslos an dem Platz hinterm Schreibtisch.

Während Michaela sich noch von ihrem Schock erholte, fand Tanja bereits die Sprache wieder. »Was willst du denn hier?«

Michaela sammelte sich. »Ich habe ein Vorstellungsgespräch bei Doktor Erling.«

Tanja schaute sie skeptisch an. »Elvira ist Ärztin. Mit Personalfragen hat sie nichts zu tun, soweit ich weiß.«

»Jana sagte zehn Uhr, Büro von Doktor Erling.«

»Jana?« Tanja verstand nicht, was Michaelas Freundin mit der Personaldisposition des Krankenhauses zu tun haben könnte. Und noch etwas irritierte sie. Sie kam nur nicht darauf, was es war.

Michaela zuckte mit den Schultern. »Ja.«

Tanja stand ratlos da. »Na ja, dann wartest du am besten hier. Elvira kommt gleich wieder. Ich warte auch auf sie.« Jetzt fiel Tanja auf, was sie an Michaelas Antwort irritiert hatte: Warum legte Elvira zwei Termine auf dieselbe Zeit?

Eine Weile schwiegen sie. Michaela musterte Tanja, die immer noch hinter dem Schreibtisch stand. Sie sah etwas blaß aus, fand Michaela. Schließlich unterbrach sie die angespannte Stille im Raum. »Und weshalb bist du hier?«

»Eine Nachuntersuchung«, antwortete Tanja automatisch.

»Nachuntersuchung?« Michaelas Augen legten sich forschend auf Tanja. »Warst du krank?«

»Ein Autounfall.«

»O nein«, rief Michaela. Mit wenigen Schritten war sie bei Tanja. Sie wollte sie in die Arme nehmen, hielt aber inne, als Tanja einen Schritt zurückwich. »Warum hast du mich denn nicht angerufen?«

»Wozu?« fragte Tanja kühl. »Um dir Glück zu deiner neuen alten Freundin Vanessa zu wünschen? Ich wollte euer Glück nicht stören.«

Erst Tanjas Rückzug, nun diese merkwürdige Antwort. Michaela versuchte sich einen Reim darauf zu machen. Es dauerte eine halbe Minute, aber dann hatte sie es. »Wie kommst du darauf, daß Vanessa und ich wieder zusammen sind?« fragte sie verblüfft.

Tanja ging auf die andere Seite des Schreibtisches, stellte so wieder den Abstand zwischen sich und Michaela her. Den brauchte sie, um über das Erlebnis sprechen zu können, das dem Unfall vorausging. »Nachdem ich von meinem Vater von deiner Kündigung erfuhr, ging ich zu dir. Vanessa öffnete mir die Tür. Im Flur standen Koffer. Sie sagte, ihr beide würdet verreisen, einen Neuanfang machen. Da war nichts mißzuverstehen.«

Michaela starrte Tanja bestürzt an. »Und das hast du geglaubt?« Den Rest konnte Michaela sich leicht ausrechnen. »Dann bist mit Tränen der Wut durch die Straßen gefahren, statt mich anzurufen und mit mir zu reden. Dabei ist der Unfall passiert.« Sie schüttelte den Kopf. »Und ich habe so auf deinen Anruf gewartet.« *Verdammt,* schalt sie sich. *Ich saß da, ohne ein Zeichen von mir zu geben, während Tanja im Krankenhaus lag. Aber woher hätte ich das wissen sollen?* Michaela versuchte es Tanja zu erklären: »Ich dachte, du müßtest doch verstehen, warum ich gekündigt habe. Nämlich, weil mir die Stelle auf Gomera nichts mehr bedeutet. Weil ...« Michaela machte eine hilflose Geste. »Weil ich dich liebe«, sagte sie leise, zuckte seufzend mit den Schultern. »Aber von dir kam keine Reaktion«, fuhr sie in ihrer Erklärung fort. »Rein gar nichts. Aus meiner Sicht lagen die Dinge damit ganz klar, war deine Botschaft eindeutig die: Ich wünsche keinen Kontakt mehr. So oder so! Also gab ich auf. Nach so vielen Versuchen, wie sollte ich da glauben, daß gerade dieser eine Anruf von mir etwas ändern konnte?«

Tanja hatte den zweiten Teil der Erklärung kaum mitbekommen. Sie stand da wie betäubt. Ungläubig. Und nur eine Frage beschäftigte sie: Was hatte Michaela da eben gesagt? Tanja versuchte sich zu erinnern und meinte, es klang wie »Weil ich dich liebe«.

Weil Tanja immer noch nichts sagte, sprach Michaela weiter. »Vanessa hat dich ganz einfach angelogen. Als ich nach unserer Rückkehr von der Reise nach Hause kam, war sie immer noch da. Ich gab ihr ein paar Tage, ihre Sachen zusammenzupacken und sich etwas anderes zu suchen. Genug Freundinnen hat sie ja. Ich kam so lange bei Jana unter.«

»Wa... was?« stotterte Tanja jetzt endlich. »Was hast du gesagt?«

Michaela hielt Tanja ihr Handy hin. »Willst du Jana anrufen und sie fragen?«

Tanja schluckte. »Nein. Das meine ich nicht. Sagtest du ...« – *daß du mich liebst?*

»Ja, den Irrtum der letzten Wochen haben wir Vanessa zu verdanken«, wiederholte Michaela, die meinte, das wäre der Grund für Tanjas Ungläubigkeit.

Doch Tanja schüttelte den Kopf. »Nein, den haben wir uns selbst zu verdanken, vor allem mir«, sagte sie leise. »Ich hätte mit dir reden sollen.« Ihre Stimme zitterte, als sie weitersprach. »Aber es ist so schwer, wenn man glaubt, die andere will nichts von einer wissen.«

O Gott, wie dumm sie gewesen war! Wie hatte sie ernsthaft glauben können, Vanessa und Michaela wären wieder zusammen? Nur auf Vanessas Aussage hin! Das war das schlimmste. Sie wußte doch, daß Vanessa nicht zu trauen war. Aber in dem Moment in Michaelas Wohnung hatte sie nicht darüber nachgedacht.

Und später, Tanja? Später hättest du doch deinen Verstand mal wieder einschalten können! Anscheinend war sie unfähig, klar zu denken, wenn es sich um Michaela handelte. Aber es war auch nicht leicht, Vertrauen in einen Menschen zu setzen, der sie so enttäuscht hatte.

Michaela kam jetzt um den Schreibtisch herum zu Tanja, blieb vor ihr stehen, strich vorsichtig über Tanjas Wange, wo eine Träne ihre Spur hinterlassen hatte. »Ja, ich weiß. Mir ging es doch genauso«, flüsterte Michaela.

Tanja umarmte sie. Minutenlang hielten sie einander einfach nur fest, ohne zu sprechen. Bis Tanja fragte: »Was wollen wir in Zukunft machen, wenn so was wieder passiert?«

»In Zukunft?« Michaelas Herz schlug schneller vor Aufregung. »Heißt das, du . . . wir . . .«

»Das heißt, ich will meine Freundin wiederhaben«, sagte Tanja. Sie löste sich von Michaela.

»Oh.« Michaela schluckte. »Ja, sicher.« Betroffen stand sie da. Sie hatte gehofft . . . aber in der Tiefe ihres Herzens konnte Tanja ihr eben doch nicht verzeihen. Der Bruch zwischen ihnen war zu tief. Trotz aller Gefühle für sie lehnte Tanja ihre Liebe ab. Mehr als eine Freundschaft würde es zwischen ihnen nicht geben. *Sei froh, daß Tanja wenigstens dazu bereit ist.* Michaela seufzte kaum hörbar. »Das will ich auch«, sagte sie etwas unglücklich.

Tanja entging die Enttäuschung in Michaelas Stimme nicht. Sie schmunzelte, als sie fragte: »Wirklich?«

»Ja, natürlich«, bestätigte Michaela. Das war immerhin besser, als Tanja überhaupt nicht zu sehen. Sie würde zu allem ja sagen, nur um Tanja nicht wieder zu verlieren, kaum daß sie sich wiedergesehen hatten.

»Du lügst.« Tanja tat betrübt. »Schon wieder.«

»Was?« Michaela kämpfte gegen den Kloß in ihrem Hals. *Was hatte sie jetzt wieder falschgemacht?* »Aber nein! Wirklich nicht, Tanja.« Michaela war der Verzweiflung nahe. »Natürlich möchte ich deine Freundin sein. Du weißt doch, daß ich immer nur vor einem Angst hatte: dich zu verlieren! Warum glaubst du mir nicht?«

Michaelas fragender, verwirrter Blick ließ Tanja sanft lächeln. »Ich *will* nicht glauben, daß du *nur* meine Freundin sein willst«, flüsterte Tanja mit zärtlicher Stimme. Ihr Gesicht näherte sich langsam Michaelas. »Ich will jedenfalls viel mehr als das. Ich liebe dich. Das weißt du doch.« Tanjas Lippen legten sich weich auf Michaelas Mund. »Und wenn ich mich nicht verhört habe, liebst du mich auch.«

Ungläubig fragte Michaela: »Ja, aber ... verzeihst du mir denn?«

»Wie fühlt es sich denn an?« fragte Tanja schelmisch und küßte Michaela erneut.

»Absolut himmlisch«, seufzte Michaela.

Sie versanken in einem Kuß, der sie alles um sich herum vergessen ließ.

Ein lautes Räuspern ließ sie aufschrecken. »Störe ich?« Elvira Erling stand im Raum, lächelte versteckt.

»Oh. Elvira, äh ... nein, natürlich nicht.« Tanja schaute sie verlegen an.

Elvira Erling lachte. »Sieht mir aber ganz danach aus.«

»Sind Sie Doktor Erling?« fragte Michaela.

»Ja.«

»Ich bin Michaela Dietz. Ich ... komme wegen des Vorstellungsgesprächs ... eigentlich.«

»O ja. Ich muß mich entschuldigen. Ein Irrtum in der Verwaltung. Die Stelle ist schon besetzt.« Elvira hob bedauernd die Hände, setzte sich in ihren Sessel hinterm Schreibtisch, schmunzelte. »Aber zufällig weiß ich, daß die junge Frau neben Ihnen eine Assistentin braucht. Vielleicht fragen Sie sie, ob da was zu machen wäre?«

Michaela sah verwirrt von Elvira Erling zu Tanja. Tanja dagegen blickte Elvira forschend an. »Sag mal, wolltest du nicht ein CT mit mir machen?«

»Nicht mehr nötig«, winkte die Ärztin ab. »Nach dem, was ich eben gesehen habe, besteht nicht der geringste Zweifel, daß alles wieder in Ordnung ist.«

»Hä?« fragte Tanja. Ein Verdacht drängte sich ihr auf. »Du hast das hier eingefädelt«, sagte sie langsam.

»Zusammen mit Jana«, ergänzte Michaela.

»Meine Nichte«, erklärte Elvira gelassen.

Tanja schüttelte fassungslos den Kopf. »Ich werde meinem Vater sagen müssen, er soll sich vor dir in acht nehmen. Du bist eine üble Kupplerin.« Während sie das sagte, lachte Tanja übers ganze Gesicht.

»Und ich werde Jana den Kopf waschen«, fügte Michaela hinzu. Allerdings klang ihre Stimme zu froh, um der Drohung irgendeine Form von Ernst zu verleihen. »Mich so hinters Licht zu führen.«

»Ihr beiden seid wirklich die undankbarsten Geschöpfe, die ich kenne«, beschwerte Elvira sich. Dabei glitzerten ihre dunklen Augen fröhlich. »Aber Verliebten muß man so etwas nachsehen. Die sind immer nur mit sich selbst beschäftigt.«

Wie um sie zu bestätigen, küßten Tanja und Michaela sich erneut.

Und es störte sie nicht im geringsten, daß Elvira ihnen dabei zusah.

Epilog

Walter Kanter saß in der Bibliothek, das Buch in seinem Schoß war zugeklappt, sein Kopf nach unten gesunken.

Die hochgewachsene Frau trat hinter ihn, nahm das Buch aus seinem Schoß, klappte es leise zusammen. Behutsam beugte sie sich zu ihm hinunter, küßte sanft seine Wange.

Er erwachte, sah in dunkle, sanfte Augen. »Du bist es.«

Ihr Lächeln streichelte seine Sinne. »Hast du eine andere Frau erwartet?«

»Ich hatte schon aufgegeben, jemals wieder auf jemanden zu warten.« Er stand auf, nahm sie in seine Arme, strich sanft über ihr Haar. »Ist wieder spät geworden heute.«

»Du hast eine berufstätige Frau geheiratet. Ich habe dich gewarnt.«

»Ja, Frau Doktor. Das haben Sie.«

Elvira Kanter schmunzelte. »Hast du was von den Mädchen gehört? Sind sie mit der Einrichtung ihrer neuen Wohnung fertig?«

»Ja. Ich soll dir sagen, sie lieben dich.«

»Na, das ist auch das mindeste, was ich erwarte, nachdem ich so geradert habe, sie wieder zusammenzubringen.«

»Deine Mühe hat sich gelohnt.« Walter Kanter lächelte. »Sie wollen heiraten.«

»Oh, wie spießig die jungen Frauen von heute doch sind«, klagte Elvira theatralisch. »Ich dachte, das wäre alten Leuten wie uns vorbehalten.«

Kanter schmunzelte. »Da irrt meine kluge Frau offenbar.«

»Hast du es deinem Vater gesagt?« fragte Michaela. Sie stand hinter Tanja an der Brüstung des Balkongeländers, hielt sie eng umschlungen. Sie blickten in die sternenklare Nacht.

»Ja.« Tanja lächelte vor sich hin. »Er schien sich sogar zu freuen.«

»Das ist Elviras Einfluß«, vermutete Michaela.

»Ja, ganz sicher.«

»Er hat verdammt großes Glück gehabt, der alte Kauz.« Michaela küßte Tanjas Nacken.

Tanja griff nach Michaelas Händen, die verschränkt auf ihrem Bauch lagen. »So wie wir«, sagte sie leise.

»Das war kein Glück. Das war Schicksal«, flüsterte Michaela in Tanjas Ohr.

»*Du* glaubst an Schicksal?« fragte Tanja ungläubig.

Michaela lächelte. »Ich glaube an *uns*.«

Tanja drehte sich in Michaelas Armen zu ihr um. »Das tue ich auch.«

ENDE

Weitere Titel der édition el!es

Ruth Gogoll: L wie Liebe (Staffel 1)

Liebesroman

Bunt und unterhaltsam: Großstadtlesben und ihre (Liebes-)Abenteuer. Da ist das ungleiche Paar Marlene und Anita, das gehörig Nachhilfe in Sachen Romantik benötigt; Carolin und Ina schweben (noch) im siebten Himmel; Chris und Sabrina stecken in einer verstaubten Beziehung fest, und schließlich können sich Rick, Thea und Melly noch nicht so recht entscheiden. Verwicklungen folgen, und schon sehr bald ist nichts mehr so, wie es anfänglich war . . .

Victoria Pearl: Endlich gefunden

Liebesroman

Krankenschwester Hanna hat sich gerade aus der unheilvollen Beziehung zu Birte gelöst, als ihr eine Fremde für einen kurzen Moment den Kopf verdreht. Zurück im Arbeitsalltag nimmt Hanna erst nach langer Zeit wieder via Internet Kontakt zu anderen Frauen auf. Die Überraschung folgt auf dem Fuß, doch ist die Traumfrau tatsächlich endlich gefunden?

Julia Arden: Vertrau mir

Roman

Anna Ravensburg lebt ruhig und zurückgezogen auf ihrem Tierhof. Mit der Idylle ist es vorbei, als Kommissarin Maike Roloff auftaucht: Zwei Pharma-Manager sind entführt worden, und Annas Vergangenheit als radikale Tierschützerin könnte bei der Aufklärung helfen. Zunächst widerstrebt es Anna, die Polizei zu unterstützen, doch bald muß Anna sich eingestehen, daß sie sich zu Maike hingezogen fühlt. Maike hingegen scheint sich nur für eines zu interessieren: Die Lösung ihres Falles.

Ruth Gogoll: Verbotene Leidenschaft

Erotischer Liebesroman

Sich in die eigene Chefin zu verlieben, wenn diese augenscheinlich hetero ist, gehört in jedem Fall zu den Dingen, die eine Lesbe nicht tun sollte. Doch eine erwachte Leidenschaft läßt sich nicht einfach abschalten, und so gilt es, die Chefin zu bekehren – auch, wenn das mit reichlich Widrigkeiten einhergeht.

Ruth Gogoll: Wie ein Stern, der vom Himmel fällt

Erotischer Liebesroman

Weihnachtliches Plätzchenbacken gehört eigentlich in glückliche Familien. Wenn jedoch die unfreundliche Nachbarin nur für sich allein backt, dann ist das verdächtig. Und wenn diese Nachbarin zwar spröde, aber ungemein attraktiv ist und mit ihren schönen Augen lockt, dann erwacht der lesbische Jagdtrieb: Wenn schon Plätzchenbacken, dann bitte nur zu zweit . . .

Tala Storm: Der lange Weg

Liebesfantasy in drei Teilen

Cay-La erwacht eines Morgens ohne Erinnerung. Sie schließt sich zunächst der schönen Kallisto an, doch als die eine Kriegerin töten will, wechselt Cay-La die Seiten. Zusammen mit der Kriegerin und ihrer Gefährtin versucht sie ihre Vergangenheit zu erfahren, die Erinnerung an sich selbst wiederzufinden. Eine nicht ungefährliche Reise ins Reich der Amazonen beginnt, denn der Zorn Kallistos begleitet sie . . .

Ruth Gogoll: Ostereier

Erotischer Liebesroman

Eine Geschichte um Ostereier? Nein, eine Liebesgeschichte. Die Begegnung in einem Supermarkt kurz vor Ostern – ist sie Zufall oder Schicksal? Befördert der Einkauf von Obst und Gemüse die Liebe – oder hindert er sie an ihrer Erfüllung? Und was ist mit der geheimnisvollen Bemerkung, mit der alles begann?
Das alles sind Fragen, denen sich die beiden Protagonistinnen stellen müssen.
Werden sie eine Lösung finden?